Die Frau des schönen Mannes

MARIO SCHNEIDER

Die Frau des schönen Mannes

ERZÄHLUNGEN

mitteldeutscher verlag

INHALT

Sebastian   7

Ich mag dich sogar sehr!   17

Gespräche mit oben – Olga   31

Gespräche mit oben – Winnie   36

Gespräche mit oben – Katharina   55

Das Krokodil in der Kammer   72

Buenos dias, Vater!   83

Die Amsel   98

Kleine Stadt – alte Menschen   101

Darf ich jetzt aufstehen?   102

Tiefsee   105

Das Grübchen meiner Geliebten   107

Gegen drei Uhr nachts   109

Begegnung   112

Der Geburtstag   116

White Spot   142

Die Frau des schönen Mannes   150

SEBASTIAN

Sie mussten mich damals, ich war zehn Jahre alt, mit einem Seil aus der roten Felswand bergen. Hinaufgekommen in unsere Bärenhöhle war ich wie so oft, doch dieses eine und letzte Mal hatte mich eine Furcht ergriffen, die ich nicht kannte.

Mein Bruder und ich hatten dort oben in unserer Höhle, die nur etwas mehr war als ein Felsvorsprung im Sandstein, viele Stunden und ganze Ferien auf der Lauer liegend verbracht. Wir hatten Wildschweine und Wölfe mit Holzkohle an die Wände gemalt und uns selbst mit Pfeil und Bogen dazu. Dann aßen wir unseren Proviant, tranken das Quellwasser vom Fuße des Felsens und erzählten uns Geschichten vom Wald und den Monstern, die darin hausten. Wie wohl war uns bei dem Gedanken, dort oben sicher zu sein, denn hinauf zu uns würde niemand gelangen.

Doch an diesem Tag kletterte ich allein und ohne meinen Bruder, denn der war gestorben, zwei Tage oder eine Woche zuvor. Und mühelos gelangte ich in unser Versteck, saß dort ohne Proviant und ohne Geschichten, und ich weinte und hörte mein Weinen im Echo des Waldes. Und es war mir, als weinten die Bären und Wölfe und selbst die Monster mit mir. Es wurde Nacht, und ich schlief dort ein und wurde geweckt von Stimmen, die näher kamen im Wald. Ich hörte sie rufen nach mir. Ich sah die zitternden Lichter zwischen den Bäumen, und ich konnte nicht antworten, das weiß ich noch.

Es war damals ungewöhnlich, einen Toten offen aufzubahren, doch meine Eltern und Großeltern wollten es so, denn ihr Junge hatte so schön ausgesehen auf dem weißen Laken. Von da an ging ich jeden ersten Sonntag eines Monats in die Kirche und zündete eine Kerze an. Ich habe nie an Gott geglaubt, nicht mal, als ich zehn war und mein Bruder starb, aber ich dachte trotzdem, er würde uns sehen, die Kerze und mich. Das habe ich drei Jahre getan und dann nie wieder. Eine Kirche sollte ich erst viele Jahre später wieder betreten.

»Da, Papa! Ich will da hoch!«

Paul zeigte auf die Zwillingstürme der Marktkirche. Auf einer kleinen Brücke, die beide Türme in einem leichten Bogen verbindet, liefen einige Touristen entlang.

»Darf ich da hoch?«

Ich erklärte ihm, dass er noch zu klein dafür wäre.

»Ich will da hoch, Papa«, wiederholte er.

Nun war Geschick gefragt, denn meinem Sohn konnte man schwer etwas ausreden.

»Da dürfen keine kleinen Kinder rauf«, sagte ich, und dann schlug ich ihm einen Kompromiss vor: Kirche ja, Türme nein. Er akzeptierte, denn für ihn war die Aussicht, zum ersten Mal eine Kirche von innen zu sehen, Abenteuer genug.

Als wir das kühle Eingangsportal der Marktkirche betraten, spürte ich eine dumpfe Angst in mir. Paul stöberte schon in einem Regal mit Gesangsbüchern herum. Ich nahm eine Kerze aus der hölzernen Kiste und warf einen Euro in die Pappschale. Er hatte es gesehen und fragte mich prompt:

»Was machst du da?«

»Ich habe eine Kerze gekauft«, sagte ich.

»Wozu brauchen wir eine Kerze?«

Ich ging vor ihm her durch einen Rundbogen in die Halle, und er lief mir nach, auf eine Antwort wartend. Ich spürte, wie er mich von hinten ansah.

»Was machen wir denn mit der Kerze?«

Manchmal wird man vom eigenen Kind in Ecken gedrängt, aus denen man nicht herauskommt, und man muss gestehen; und ich wusste ja, dass ich es ihm irgendwann erzählen würde, also warum dann nicht gleich. Ich blieb stehen, drehte mich zu ihm um, kniete mich sogar vor ihn hin und sagte:

»Ich zünde die für meinen toten Bruder an.«

Pauls Augen leuchteten.

»Du hast einen Bruder?«

Ich sah sein verwundertes Gesicht. Ich kenne es sehr gut, immer wenn sich eine Welt vor ihm öffnet, spricht es aus ihm gleichermaßen wie es fragt. Seinen kleinen Mund hat er dann halb geöffnet, ich sehe zwei winzige Zähne, und seine Augenbrauen ziehen sich zusammen.

»Ich hatte einen Bruder, er ist tot.«

»Wie die Dinos?«

Ich lachte kurz und schmerzvoll. Dieses helle Staunen, was gäbe ich für die Leichtigkeit eines derartigen Vergleichs.

»Ist er ausgestorben?«

Ich nahm meinen Sohn fest in den Arm, und es war dieses

Gefühl, das beides ist, Trauer um einen Toten und übergroßes Glück, einen solchen Jungen zu haben.

»Ja, er ist gestorben. Nicht direkt wie die Dinos, aber er ist gestorben.«

Paul lief auf den großen Mittelgang zu, blieb dort stehen und deutete nach links unter die Orgelempore auf eine kleine Holztür.

»Darf ich da rein?«, fragte er.

»Nein, da können wir nicht rein«, antwortete ich und war froh, das Thema so schnell beendet zu wissen, doch dann sagte er:

»Vielleicht ist ja dein Bruder da drin.«

»Nein, ist er sicher nicht«, sagte ich, und ich wusste schon, dass wir kurze Zeit später die Klinke nach unten drücken würden.

»Wir können doch mal nachschauen. Wollen wir nicht mal reingehen, ihn suchen? Vielleicht haben sie ihn ausgestellt.«

»Er ist ja nicht drin, Paul. Komm jetzt«, sagte ich.

›Ausgestellt‹, auf was für Ideen Kinder kommen. Wir waren oft im Museum gewesen, und dann hieß es von Paul nur: ›Ich will das Mammut und den Dinoknochen sehen.‹

Er zog mich am Arm und auf die Tür zu.

»Komm, wir wollen reingehen, ihn suchen.« Und ich ließ mich ziehen. Ich weiß nicht, in welcher Sekunde man sich zu etwas entschließt, ob man nachgibt oder streng bleibt, es muss da aber diese Sekunde geben, denn oft stehen die Entscheidungen auf der Kippe und können, scheinbar durch einen Luftzug, ins Eine oder Andere fallen.

Ich hoffte, die Tür wäre verschlossen, doch sie war es nicht.

Paul schob sie vorsichtig und geräuschlos auf. Er zögerte, hineinzugehen, und so blieben wir auf der abgetretenen Schwelle stehen und schauten in ein finsteres Gewölbe, das nach Weihrauch und faulem Holz roch. Der hintere Teil verlor sich im Dunkel. Durch ein kleines rundes Loch in der Decke fiel ein staubiger Lichtstrahl auf eine in den Boden eingelassene, steinerne Grabplatte. Auf der rechten Seite stand eine Holzbank vor einem schweren Samtvorhang. An der Wand gegenüber hing ein großes, fast erblindetes Triptychon. Die Farben waren so stark nachgedunkelt, dass man in dem schummrigen Licht kaum etwas darauf erkennen konnte. Eine Lanze, ein Stück Wolke, ein längliches, schmerzverzerrtes Gesicht.

Unsere Augen hatten sich etwas an die Dunkelheit gewöhnt, und so konnten wir den hinteren Teil des Raumes sehen. Paul zog vorsichtig an meinem Arm und flüsterte: »Da ist jemand.« Auch er sah den Mann, der dort hinten auf einem Stuhl saß, den Kopf auf den Tisch gelegt hatte und offensichtlich schlief; aber kaum, dass Pauls Stimme verklungen war, wachte er auf, wandte sich zu uns um und fragte mit kräftiger Stimme aus dem Gewölbe heraus:

»Kann ich Ihnen helfen?«

Die Situation war mir unangenehm, und ich wandte mich leise an meinen Jungen: »Komm, wir stören den Herrn«, und dann lauter nach hinten in den Raum: »Entschuldigen Sie bitte.« Ich drehte mich um und zog Paul am Arm, in Richtung der Tür. Doch er, den Alten immer noch fest im Blick, plapperte mit großer Zuversicht:

»Ist der Bruder hier? Wir suchen Papas Bruder. Er ist gestorben. Ist er hier?«

Ich blieb stehen, drehte mich wieder um. Paul griff mit einer Hand mein Hosenbein und wartete die Antwort ab.

»Entschuldigen Sie, dass wir stören. Die Tür war nicht verschlossen. Entschuldigung.«

»Nicht so schlimm, kommen Sie ruhig herein«, sagte der Pfarrer. »Wie heißt er denn, der Bruder?«

Paul sagte: »Weiß ich nicht.« Dann schaute er mich an und fragte: »Wie heißt er denn, Papa?«

Und ich sagte, obwohl ich es nicht wollte: »Sebastian.«

Ich hatte das Gefühl, dass dieses Wort den Raum anders durchmaß als alle anderen Worte, als dauere es eine Ewigkeit, bis es verklungen war, und mir fiel auf, wie lange ich diesen Namen nicht laut ausgesprochen hatte.

Der Mann stand von seinem Stuhl auf und kam durch das Gewölbe auf uns zu. Ich sah in ihm alle seine Vorgänger, wie sie die Grabsteine unter sich abgenutzt hatten und nur durch das Darüberstreifen ihrer weichen Gewänder. Hier in diesem Raum herrschte die Zeit milder, dachte ich.

Der Pfarrer war bei uns, beugte sich zu Paul hinunter, und es hätte kein Finger zwischen seine Nase und die meines Sohnes gepasst, und sagte:

»Wieso denkst du, dass er hier ist?«

Mein Junge, davon unbeeindruckt, gab ihm direkt ins Gesicht zurück:

»Weiß nicht. Ist er hier?«

»Schon möglich«, sagte der Pfarrer.

Ich fand diese Antwort unerhört, doch fiel es mir schwer, ihm zu widersprechen. Mich interessierte, worauf er so geheimnisvoll hinauswollte. Mein Junge wandte sich von ihm ab und deutete auf eine große hölzerne Truhe mit einem halbrunden Deckel.

»Darf ich da reinschauen?«

Der Pfarrer richtete sich auf. Sein Gesicht wurde von dem Lichtstrahl getroffen, und seine Züge glichen kurze Zeit denen des Leidenden auf dem Triptychon hinter ihm.

»Aber sicher«, sagte er und beobachtete, wie Paul hinüberlief, den Deckel der Truhe anhob und hineinblickte.

»Da ist ja nichts drin.«

Mit diesem Pfarrer stimmte etwas nicht. Während er und mein Sohn die alten Schränke öffneten und auf der Suche nach meinem Bruder die Schubladen aufzogen, stand ich da und hörte immer noch den Namen, und ich hörte ihn aus dem Wald zu mir klingen, das Echo meines verzweifelten Rufes.

Nachdem der Alte und Paul sich niedergekniet und unter der abgestellten Kirchenbank gesucht hatten, dies ging nicht ohne einiges Gelächter ab, stützte sich der Pfarrer auf die Bank und sagte:

»Schau doch mal hinter dem Vorhang hier nach.«

Sofort sprang Paul hoch, lief zum einen Ende des Vorhangs und versuchte, ihn aufzuziehen. Er hatte Mühe, den schweren Samt zu bewegen, aber der Alte war schon bei ihm, packte mit an und gemeinsam zogen sie ihn auf. Dahinter war eine Feldsteinmauer, und an dieser hing ein mannshohes Kreuz und am Kreuz ein von Holzwürmern durchlöcherter, staubig-grauer Jesus.

Paul wich einen Schritt zurück.

»Papa, sieh mal, ist das dein Bruder?«

Der Pfarrer lächelte und beugte sich zu meinem Sohn hinunter. Er nahm den kleinen Kopf zwischen seine Hände und lachte laut auf, als er sagte: »Ja, mein Junge, das ist deines Vaters Bruder, er ist unser aller Bruder.« Paul blickte diesen Priester verblüfft an. »Das ist jemand, der für uns gestorben ist. Verstehst du das? Er hat sich geopfert, für uns alle, auch für dich.«

Mir schien, mein Sohn versuchte, mit dem Kopf zu schütteln, doch der Pfarrer hielt ihn fest. Ich ging auf diesen Alten zu, nahm den Arm meines Jungen und zog ihn fort.

»Wir gehen dann mal wieder«, sagte ich streng, mehr zum Pfarrer als zu meinem Sohn, und fast hätte ich den Alten für seine Unverfrorenheit gerügt, da sagte er:

»Entschuldigen Sie. Das war wohl nicht richtig. Warten Sie! Einen Augenblick noch.« Er ging zu seinem Tisch zurück, öffnete eine kleine Schatulle, nahm etwas heraus und kam wieder zu uns zurück.

Er ergriff Pauls Arm und legte es in seine Hand. Ich konnte nicht gleich erkennen, was es war.

»Hier, nimm das, mein Junge. Es ist ein kleines Geschenk, aber es ist mehr wert als alle Geschenke der Welt.«

Die dreiste Art des Alten machte mich beinahe sprachlos.

»Nein, danke. Das reicht jetzt«, sagte ich, doch bevor ich weitersprechen konnte, unterbrach mich Paul:

»Oh ja, Papa, darf ich es haben? Ach bitte, Papa! Ich möchte es behalten.«

Und dann sah ich, was der Pfarrer ihm gegeben hatte. Es war ein kleiner Jesus am Kreuz, und er war aus Kautschuk, wie die Indianer und Soldaten, mit denen ich als Kind gespielt hatte.

»Na gut, wenn es denn sein muss. Bedank dich bei dem Herrn«, sagte ich zu Paul, und er ganz artig: »Danke.«

Wir waren wieder heraus aus der Kirche. Die Frühjahrssonne schien schräg über den Marktplatz, und wir gingen in Richtung Eisstand, der wohl den ersten Tag geöffnet hatte. Paul griff meine Hand und fragte mich: »Was ist das, geopfert?«

Es war noch recht kühl draußen, und ich steckte die andere Hand in die Jackentasche, da fühlte ich die Kerze. Die hatte ich über diesen Pfarrer ganz vergessen, und ich ärgerte mich darüber.

»Was heißt das, geopfert?«

Ich überlegte. »Das ist eine seltene Eigenschaft des Menschen«, antwortete ich.

»Ja, aber was genau?«

Ich musste etwas länger darüber nachdenken, und Paul wartete geduldig auf meine Antwort.

»Stell dir vor, du möchtest ein Eis und wir wären arm und hätten kein Geld, und da steht ein kleiner Junge vor der Eistruhe und bekommt gerade eine schöne große Tüte von dem Verkäufer. Sagen wir, der Junge hat lange gespart dafür, und nun sieht er dich, wie du gerade von mir hörst, dass ich kein Geld hätte und es deshalb nichts wird mit Schoko und Erdbeer. Da kommt dieser kleine fremde Junge auf dich zu und gibt dir sein Eis. Was sagst du dazu?«

»Toll. Was für ein Junge!«, sagte Paul wie aus der Pistole geschossen.

»Nun, meinst du, es gibt viele von solchen Jungen?«

»Ich glaube nicht.«

»Das nennt man: geopfert.«

»Ach.« Nach einer kleinen Pause sagte er: »Hat sich dein Bruder auch geopfert?«

»Oh nein.«

»Wieso ist er dann tot?«

»Er ist als Kind sehr krank geworden und dann gestorben.«

»Was hat er denn gehabt?«

»Eine seltene Krankheit.«

»Das versteh' ich nicht«, sagte Paul.

»Ich auch nicht«, sagte ich.

Normalerweise wäre das mit Paul der Anfang eines langen, eines sehr langen Gespräches gewesen, doch an diesem Tag hatte er wohl gespürt, dass ich die Antwort wirklich nicht wusste und dass mir die Unterhaltung schwerfiel und mich bedrückte. Deshalb nahm er mit seiner kleinen Hand die meine und ging mit mir nach Hause.

In den kommenden Tagen konnte ich Paul dabei beobachten, wie er mit seinen Indianern und Soldaten spielte, und zwischen ihnen tauchte immer dieser Jesus auf. Er ging an seinem Kreuz durch die Reihen der Kämpfer, manchmal schwebte er an ihnen vorüber und sie blickten ihm nach und riefen laut, und ich konnte in der Küche hören, was sie riefen, und ein Schmerz durchlief mich, wenn mein Junge wieder und wieder verkündete:

»Sebastian ist da! Er wird uns helfen, er hat so viel Kraft! Sebastian ist ein Held!«

Dann schlug er mit dem Jesus in die feindlichen Reihen und fegte sie davon.

ICH MAG DICH SOGAR SEHR!

Die ›Queen Mary 2‹ war beim letzten Mal direkt vor meinem Hotelfenster vorbeigefahren. Ich konnte in die tausend beleuchteten Kabinen schauen und die tausend Fernseher hinter den halb durchsichtigen weißen Gardinen flackern sehen.

Dieses Hotel hier hatte nichts dergleichen zu bieten. Das Zimmer war eng, und an den Wänden waren graue, feuchte Flecken. Ich fühlte die Anwesenheit von hunderten dumpfen Gestalten, die dieses Zimmer bewohnt und abgenutzt hatten. Neben dem Bett hatten sie sich die Schuhe ausgezogen und dabei an der Tapete schwarze und braune Kratzer hinterlassen. Die Energiesparlampe an der Decke tauchte den hohen Raum in eine kalte Schäbigkeit. Das war alles so erbärmlich, und ich war es auch. Das wurde mir jetzt klar. ›Ich werde anrufen und das absagen‹, dachte ich. ›Die werden sagen, gebucht ist gebucht. Haben ja auch sicher recht damit. Also gut, dann wird es so sein.‹

Ich schaltete das große Licht aus, ging im Halbdunkel zum Fenster, und warf einen kurzen Blick auf die gegenüberliegende Häuserzeile, an der ein großes Schild »Kino« ab und zu die Farbe wechselte. Ich zog die Gardinen zu und machte die kleine Nachttischlampe an. Ich holte meinen Laptop aus der Tasche, klappte ihn auf und legte ihn aufs Bett. iTunes war noch offen. Ich klickte auf den Ordner ›Easy‹ und dann auf den Titel 1. Ich schaute auf die Uhr. Es war genau zehn. Es klopfte.

›Pünktlich‹, dachte ich ›Das ist absurd.‹

Ich ging zur Tür, drückte die Klinke nach unten und zog schwer, gegen den automatischen Verschluss, die Tür auf.

Da waren fünf Sekunden, in denen ich mich nicht zurechtfand. Sie war die schönste Frau, der ich je die Tür geöffnet hatte. Sie war vollkommen in Schwarz gekleidet. Das Einzige, was ich von ihr sah, war ihr Gesicht, das mich nicht anschaute, sondern an mir vorbei ins Hotelzimmer blickte. Mir war klar, dass sie so eine Absteige nicht gewohnt war, denn sie war keine, die man für fünfzig Euro bekommen konnte. Noch bevor ich etwas sagen konnte, tat sie es. »Was soll das denn für ein Hotel sein?«

»Ja, entschuldige, das ... normalerweise, das Hotel, in dem ich sonst immer bin, war ausgebucht, Zahnarztkongress. Ich wusste nicht, dass das hier so aussieht. Entschuldige.«

Erst jetzt sah sie mich direkt an, und ich konnte in ihrem Blick sehen, dass sie überlegte, ob sie bleibt oder wieder geht. Sie traf ihre Entscheidung sehr schnell. »Naja, machen wir das Beste draus.« Sie trat einen Schritt auf mich zu und lächelte. »Darf ich?«

»Ja natürlich, komm rein.«

Sie ging an mir vorbei ins Zimmer. Sie war einen Kopf kleiner als ich und roch nach einem Parfüm, das mir bekannt war. Eine meiner Ex-Freundinnen hatte es getragen. Ich schloss die Tür. Sie blieb in der Mitte des Zimmers direkt vor dem Doppelbett stehen und drehte sich zu mir um. »Wie ist dein Name?«

»Martin.«

Sie gab mir ihre Hand, und ich berührte sie zum ersten Mal. Es war eine kleine Hand, und sie passte genau in die meine.

»Monique.«

Wir schauten uns direkt in die Augen. Ihre waren schwarz und sanft. Es schien mir, als wäre etwas Ehrliches darin. Ich ließ ihre Hand los und ging zum kleinen Glastisch am Fenster. »Es gibt hier keine Minibar, deswegen war ich vorhin noch etwas einkaufen.«

Sie lachte kurz, als sie den Sekt und die Schokolade sah. »Ist ja süß.«

»Willst du was?«

»Wir sollten erst das mit dem Geld klären«, sagte sie freundlich.

»Ja, entschuldige, natürlich.«

»Ich weiß, viele machen das hinterher. Aber meine Agentur besteht darauf, dass ich es vorher kläre.«

»Na klar, kein Problem«, sagte ich und ging hinüber zur Garderobe, an der meine Jacke hing. Ich gab ihr die 350 Euro. Sie steckte das Geld, nachdem sie es gezählt hatte, in ihre Handtasche und fragte schnell, so, als hätte es diese Übergabe nie gegeben: »Was ohne Alkohol hast du wohl nicht?«

Ich fragte, ob sie Bionade mag.

»Oh ja, das trink' ich gern.«

Ich bückte mich, holte zwei Flaschen aus der Einkaufstüte, öffnete sie und hielt ihr eine hin. Sie nahm sie, schaute mich kurz an und stieß ihre Flasche gegen die meine. »Prost«, sagte sie und setzte sich auf die Liege an der Wand, gegenüber dem Bett. »Das ist ein bisschen wie in einem Studentenwohnheim hier.«

Ich lächelte und setzte mich zu ihr. »Stimmt.«

Wir schauten uns beide stumm im Zimmer um. Ich dachte, ich müsste etwas sagen, da sie nichts sagte. »Ich mache das hier zum ersten Mal und weiß nicht so richtig, wie das abläuft.« Natürlich, ich war nervös und hatte Angst. Als ich bei ihrer Firma anrief, hatte ich gehofft, sie würde sich einfach nur ausziehen, dann mich und wir würden es miteinander treiben. Nun kam mir diese Vorstellung unangenehm fremd vor.

»Das hängt von dir ab«, sagte sie und als ich nichts erwiderte, »Wir können uns erst etwas unterhalten und dann werden wir weitersehen, oder?«

›Danke, unterhalten, das ist gut, danke‹, dachte ich. »Ja, das ist gut.«

»Warum hast du eigentlich mich verlangt? Ich meine, in der Agentur sind so viele gut aussehende Frauen, warum gerade ich?«

»Du warst mir am sympathischsten«, und das war die Wahrheit. Ich sah mich am Schreibtisch in meiner Wohnung sitzen, meinen aufgeklappten Laptop und die Bilder dieser Frauen vor mir. Aber nur sie konnte es sein. In ihrem Blick stand keine laszive Antwort, sondern eine stille Frage. Unter ihrem Namen blinkte in roter Schrift das Wörtchen »NEU«.

»Und wieso machst du das?«, fragte sie mich.

Das kam mir unpassend vor. Ich zögerte. Mir war nicht klar, warum ich das tat. Doch, es war mir klar. Ich wollte Sex, nur Sex.

»Ich wollte das einfach ausprobieren, und da ich gerade solo bin, dachte ich, jetzt oder nie.«

»Du hast keine Frau?«, fragte sie mich.

»Seit einem Jahr.«

»Ach so, würdest du das hier nicht machen, wenn du eine Frau hättest?«

»Nein, da würde doch etwas nicht stimmen, oder?«

Sie schaute mich einen Augenblick an, dann sagte sie: »Du bist mein erster Kunde«, und klopfte mir dabei vertraulich auf den Oberschenkel, »du hast doch nichts dagegen, wenn ich dich so nenne, nein, du bist mein erster Kunde, der keine Frau hat.«

Ich war verblüfft. »Das glaub' ich nicht.«

»Ist aber so, die haben fast alle Frauen.« Sie überlegte. »Und Kinder. Die zeigen mir gleich am ersten Abend die Fotos von den Kindern und ihrer Frau und erzählen dann, wie hübsch sie sind und wie toll sie ist oder wie kompliziert.«

Sie trank einen Schluck. »Ich habe den Glauben verloren, dass es anständige Männer gibt, glaub' mir. Du bist da wirklich der Erste. Das imponiert mir.«

Ich fühlte mich geschmeichelt, und gleich darauf kam ich mir wieder abartig und schlecht vor, ja, wie jemand, der etwas unsagbar Schlechtes tut. ›Wir könnten uns doch einfach nur unterhalten. Sie behält das Geld, und am Ende bedanke ich mich bei ihr für den schönen Abend.‹ Das war eine gute Idee, und dabei wurde mir ganz wohl. Ich fühlte mich wie ein guter Mensch.

»Wie lange machst du das schon?«, fragte ich so normal wie möglich.

»Vier Monate«, antwortete sie.

»Das ist nicht lange.«

»Das ist sehr lange«, sagte sie. Sie kramte in ihrer Handtasche. »Darf ich rauchen?«, fragte sie in ihre Tasche hinein.

»Ich glaube schon, auf dem Tisch steht ein Aschenbecher.«

»Ja schon, aber du schläfst hier.«

»Ach so.« Ich überlegte. »Ja, ja, das geht schon.« Sie öffnete die Schachtel ›P&M‹ und nahm sich eine Zigarette heraus.

»Darf ich auch?«, fragte ich.

»Du rauchst?«

»Nur wenn ich nervös bin.«

Sie hielt mir die Schachtel hin. »Du wirkst ganz und gar nicht nervös.«

»Das ist äußerlich.«

Sie zog den Rauch, nachdem sie ihn mit der Nase ausgeblasen hatte, mit dem Mund wieder ein. Es war, als wäre sie allein auf der Welt.

Ich bemerkte, wie ich sie anstarrte.

»Was ist?«, fragte sie.

»Du bist so schön.«

Sie lächelte. »Och, danke, ich verstehe trotzdem nicht, wieso du mich ausgesucht hast.«

»Wegen deiner Augen. Sie sahen ehrlich aus.«

»Ach komm, das glaubst du ja selbst nicht, oder?«

Es gab auch ein Bild von ihr, auf dem sie halb nackt war, und ihr Körper war makellos. »Nein, wirklich«, sagte ich.

»Du siehst auch gut aus«, sagte sie und schaute mir ins Gesicht.

›Das muss sie jetzt sagen‹, dachte ich.

»Das meine ich ernst, ich wäre vorhin fast wieder gegangen.« Sie ruckte kurz mit ihrem Kopf. »Wegen dem Zimmer. Ich bin geblieben, weil du nett aussiehst. Und ich glaube, du bist es auch.«

›Das muss sie jetzt sagen.‹ Sie nahm einen letzten Zug, dann drückte sie die Zigarette im Ascher aus. »So, jetzt könnt' ich einen Sekt vertragen.«

»Oh ja, sicher.« Ich ging hinüber zum Tischchen und griff die Flasche. Ich ließ den Korken nicht knallen, holte zwei Zahnputzgläser aus dem Bad und setzte mich wieder neben sie. Ich traute mich nicht, auf die Uhr zu schauen. Ich hatte Lust auf sie und wusste nicht, wie viel Zeit mir von den zwei Stunden noch geblieben war. Wir stießen an. Dann erzählte sie mir von ihrem letzten Urlaub am Mittelmeer, von ihrem Ex-Freund, mit dem sie noch zusammenwohnte, von ihren zwei Hunden, ihren drei Kanarienvögeln, ihrer Eidechse und der Schildkröte, die dreißig Jahre älter war als sie.

»Von wem hast du sie?«, fragte ich. Sie trank ihren Sekt aus und antwortete nicht.

Ich streichelte ihren Arm, mit dem sie sich auf dem Bett abstützte, und sie blickte verwundert auf meine Hand, wie sie ihren Arm streichelte. Wir schwiegen, und ihr Lächeln wurde zu der Frage, die sie dann auch stellte: »Das ist seltsam, oder?«

›Ja, sie hat recht, es ist seltsam, ich verliebe mich gerade in sie. Aber es ist nicht echt, und das ist seltsam.‹

»Ja«, sagte ich. ›Ich möchte sie jetzt küssen, und sie wird es zulassen.‹ Ich beugte mich zu ihr, griff unter ihren Arm, zog sie etwas zu mir heran und küsste sie. Ihr Mund war weich, und ihre Zunge begegnete der meinen mit solcher Bereitschaft und Ruhe, dass ich mich ihr voll und ganz überließ.

Ich weiß nicht mehr, wie lange wir uns küssten. Es war der beste Kuss, es war der Kuss meines Lebens, mit einer Frau, die ich nicht kannte und die ich gekauft hatte, die mich küsste, als würde sie mich lieben, die mich küsste wie keine der Frauen, die mich geliebt hatten.

Mir war schwindlig, und ich beugte mich von ihr zurück.

»Du küsst gut«, sagte sie.

›Das muss sie jetzt sagen, natürlich muss sie das.‹

»Ich gehe jetzt kurz ins Bad, und du kannst ja versuchen, etwas gemütlicheres Licht zu machen.« Und dann war sie weg.

Ich war bereit. Ich löschte die Nachttischlampe und öffnete die Gardine etwas. Ein Spalt Licht schlug ins Zimmer und wechselte immerfort die Farbe. Sie kam aus dem Bad, als es blau wurde. Sie hatte nur noch schwarze Unterwäsche an, und ihr Körper erschien mir noch weißer und strahlte in dem Blau, dem Rot und dem Grün. Sie war wie eine Galionsfigur und hinter ihr ein Schiff aus schwarzem Stahl, das sie schwer zu mir ins Zimmer schob.

Ich lag ausgestreckt auf dem Bett und wartete auf ihre Hände, die mich ausziehen würden. Sie knöpfte mein Hemd auf und küsste sanft meine Brust. Ich nahm ihr kleines, weißes Gesicht zwischen meine Hände, zog sie zu mir und küsste ihren Mund. Und ich dachte: ›Das ist Wahnsinn.‹ Ich nahm nicht wahr, wie sie meine Hose auszog, wie sie meine Strümpfe von den Füßen streifte und meine Shorts über die Beine zog. Ich war bereit. Die ganze Zeit über. Ich öffnete ihren BH. Ihre Brüste waren klein, die Haut wie Samt. Ich weiß nicht mehr, wie ich ihren Slip auszog. Dann lag sie neben mir und schaute mir in die Augen. »Du machst mich nervös«, sagte sie. Ich spürte ihren warmen Körper.

»Wie?«

»Du machst mich nervös.«

Ich verstand das nicht. ›Meint sie das ernst?‹

Sie küsste meine Schulter, und ihre Zunge fuhr meinen Hals entlang und langsam hinab an meiner Brust.

›Meint sie das ernst? Was ist hier los? Ich mag sie. Das kann nicht echt sein. Wie kann so etwas echt sein?‹

»Halt, warte.« Ich zog sie zu mir nach oben. »Warte«, sagte ich.

Sie schaute mich fragend an. Dann umarmte sie mich. Wir passten genau zusammen. Unsere Körper passten ganz genau zusammen. Ich drückte sie fest an mich, und sie verschwand in mir, denn sie wollte verschwinden und ich nahm sie auf, weil ich gewartet hatte auf jemanden wie sie.

»Du magst mich. Das ist das Problem, stimmt's?«

»Ja, es ist verrückt, wir kennen uns nicht, aber ich mag dich.«

»Nein, das ist nicht verrückt, ganz und gar nicht, ich mag dich auch.«

›Sie muss das sagen‹, dachte ich, und dann sagte ich es: »Du musst das sagen.«

Ihre Stimme veränderte sich, ich spürte etwas Verletztes darin. »Du glaubst mir nicht?«

»Nein, entschuldige, ich glaube dir nicht. Du musst das sagen.«

»Glaubst du, ich würde einen meiner Kunden so umarmen wie dich? Glaubst du, ich würde mich von einem meiner Kunden so küssen lassen wie von dir? Ich mag dich, ich mag dich sogar sehr.«

Ein heißer Schwindel überkam mich. »Das kann nicht sein«, sagte ich, und da hatte ich bereits aufgegeben. Ich glaubte ihr. »Das kann doch nicht sein.«

Sie drückte sich fest in mich und sagte so still und so sicher, wie man nur die Wahrheit sagt: »Es ist aber so.«

Sie verbarg ihren Kopf in meinen Armen.

»Mir ist kalt«, flüsterte sie.

Ich deckte uns zu. Es war warm und wohl, und ich schloss meine Augen. Wir lagen sehr lange so. Bis der Wecker klingelte, denn sie hatte zu Beginn, wie sie es wohl immer bei ihren Freiern tat, ihr Handy auf ein und eine dreiviertel Stunde gestellt.

»Musst du jetzt gehen?«

»Nein, noch nicht, wir haben noch eine Viertelstunde.« Sie richtete sich im Bett auf und saß jetzt neben mir. »Ich möchte mit dir schlafen«, sagte sie. »Ich würde jetzt sehr gern mit dir schlafen.«

Ich wollte nicht. Ich konnte nicht. »Nein, entschuldige, lass uns bitte nur hier sitzen.«

Sie legte sich wieder neben mich und lehnte ihren Kopf auf meine Schulter.

»Lea.«

Ich hatte sie verstanden, sie hatte ›Lea‹ gesagt. »Wie?« fragte ich.

»Lea, ich heiße Lea. Das ist mein richtiger Name. Lea, und ich bin nicht sechsundzwanzig, sondern dreiunddreißig.«

Ich wusste nicht, was ich sagen sollte. ›Ist das ihr richtiger Name? Sie sagt das immer, zu jedem. So macht sie aus allen Freiern Stammkunden‹, dachte ich. »Du siehst nicht aus wie dreiunddreißig«, sagte ich.

»Ich weiß, deswegen haben die mich auch jünger gemacht. Und wie heißt du?«, fragte sie.

»Na Martin.«

»Ach, das ist dein richtiger Name?«

»Ja sicher.«

»Die meisten nehmen sich andere Namen und haben ein extra Handy. Du machst das wirklich zum ersten Mal.«

Ich sah halb unter der Decke ihre rechte Brust, wie sie leicht meinen Bauch berührte. Es fühlte sich schön an, sie war etwas kalt. Ich legte meinen Arm fester um ihre Hüfte und zog sie näher zu mir heran.

»Warum machst du das?«, fragte ich.

Sie schaute mich an und ich sah zwischen ihren Augenbrauen eine kleine Falte. »Was?«

»Na, das hier.« Ich deutete auf uns. »Warum hast du damit vor vier Monaten angefangen? Warum sagst du den Männern, dass du sie magst?«

»Das tue ich nicht. Ich sage es ihnen nicht. Ich habe es nur dir gesagt.«

»Gut, du hast es nur mir gesagt, aber was war vor vier Monaten? Wieso vor vier Monaten?«

»Es gab verschiedene Gründe, damit anzufangen.«

Ich wartete.

»Ich habe in einer Wasserspenderfirma gearbeitet, weißt du, die Dinger, die beim Arzt stehen, mit einem rosa und einem blauen Knopf, für normales und gekühltes Wasser. Ich war fürs Controlling der Firma zuständig. Zweihundert Angestellte. Sechzig Stunden Arbeit die Woche. Ich habe das gebraucht. Ich war immer ansprechbar. Mein Handy war die ganze Nacht an. Es kam vor, dass mein Chef vier Uhr morgens aus China angerufen hat, und ich bin rangegangen. Ich habe immer alles bis zur Erschöpfung gemacht. Eines Abends kam ich nach Hause. Mein Freund, wir waren schon getrennt, hat mir die Füße massiert, wir verstehen uns immer noch sehr gut. Er massierte mir die Füße, und ich merkte, wie mir der linke einschläft. Es war unangenehm. Ich sagte ihm, er solle doch links mal etwas mehr machen. Ich spürte nichts. ›Weiter oben und kräftiger‹, sagte ich. Er schaute mich komisch an. Ich sagte, dass er kräftiger zudrücken soll, denn ich hab' gar nichts gespürt. Er drückte voll zu. Wir hatten gerade gegessen, und die Teller standen noch rum. ›Nimm die Gabel da!‹, sagte ich zu ihm. Er wollte erst nicht. Dann nahm er sie und stach leicht in meinen Oberschenkel. Ich spürte nichts. Es war beängstigend. Ich hab' die Gabel genommen und so lange gedrückt, bis es zu bluten anfing. Er schaute mich an. So hatte ich ihn noch nie gesehen. So ängstlich. Ich fragte, was los ist. Er sagte nur, dass mit meinem Gesicht etwas nicht stimmt. Ich bin sofort ins Bad und schaute in den Spiegel. Meine linke Gesichtshälfte hing nach unten, wie geschmolzen, wie geschmolzenes Wachs. Es war so eine Art Schlaganfall. Es hat vier Wochen gedauert, bis ich meinen Mundwinkel wieder bewegen konnte. Mit der Arbeit war es erstmal vorbei. Ich dachte, es geht nie wieder weg. Jetzt ist es einigermaßen okay. Bis auf das hier.« Sie deutete auf ihr linkes Auge, das sich nicht bewegte und mich stumm anschaute.

Ich hatte mit allem gerechnet, nur nicht mit so einer Geschichte. Aber es sind wohl immer solche Geschichten. Dann sagte ich so etwas wie »Krass« oder »Das ist schlimm.« Was soll man da sagen.

»Du bist der Erste, dem ich das erzähle«, sagte sie, und ich dachte: ›Das muss sie jetzt sagen. Wie gemein das ist, dass ich so etwas denke, wie gemein und niederträchtig, so etwas zu denken.‹ Vielleicht war ich ja wirklich der Erste.

Sie wusste nichts über mich, und ich kannte diese Geschichte. Ich fragte sie, warum sie es nicht ihren Eltern erzählt hat; und dies war die zweite Frage, die sie an diesem Abend nicht beantwortete. Sie blickte mir nur fest in die Augen.

Ich ruderte sie schweigend über den See, in seichteres Gewässer, zu einer Insel, auf der man durchatmen kann, auf der man sich aufrecht hinsetzt und durchatmet. Sie holte tief Luft, und ich liebte sie dafür. Ich glaube jetzt, dass sie damals wirklich frei atmen konnte.

Sie blieb drei Stunden bei mir und bat mich, mir ihre Nummer geben zu dürfen. Ich wunderte mich nicht und klappte mein Handy auf. Sie diktierte. »Null, eins, sieben, eins, fünf, fünf, drei, sieben, zwei, fünf. Hast du's?« Ich tippte auf ›Nummer speichern‹. »Ja, ich hab's.« Das Handy forderte mich auf, den Namen einzutippen. Ich schaute sie an, und was ich jetzt tat, war schlimm. Ich sagte es langsam und laut, während ich es eintippte: »Lena.«

Sie reagierte sofort und lächelte noch: »Nein, nein, Lea.«

Es schmerzte mich. Erst jetzt fiel ihr auf, was ich getan hatte. Sie wurde wütend. »Wolltest du mich gerade testen? War das ein Test, ja? Du wusstest genau, dass ich Lea heiße. Du wolltest wissen, ob ich das erfunden habe, oder?« Ich schaute ihr in die Augen, die leicht schielten, schwarz und tief waren und in die sich eine Trauer mischte.

»Entschuldige«, sagte ich und dachte: ›Ich wollte dir nicht

wehtun, aber ich kann das alles nicht glauben.‹ Doch ich sagte es ihr nicht.

Zum Abschied standen wir in der Tür zum Flur und küssten uns. Ein Kuss, in dem man noch den Schmerz schmeckt. Es war, als würden wir uns sicher wiedersehen.

Ich habe sie nie angerufen. Ich hatte Angst vor der Wahrheit, vor der einen wie vor der anderen.

GESPRÄCHE MIT OBEN – OLGA

Es war an einem heißen Sommertag, als Olga, über den Patienten Baranow gebeugt, das Ende der Bauchsonde mit dem Schlauch zum Tropf verbinden wollte. Da sprang die Tür des Krankenzimmers auf, und Andrej, ein junger Pfleger, stürmte herein. Olga drehte sich erschrocken um, noch den Katheter in ihrer Hand.

»Er ist dran! Er ist dran!« Andrej schnappte nach Luft, denn er war die fünf Treppen aus der Verwaltung, immer vier Stufen auf einmal nehmend, heruntergesprungen, und nun konnte er nur noch in kleinen Stückchen sprechen.

»Oben! Am Telefon! Schnell!«

Olga wusste nicht gleich, worum es ging, doch dann begriff sie.

Sie drehte sich noch einmal zu dem Patienten um, dann wieder zu Andrej gewandt sagte sie: »Mach du das hier!« Er war schnell bei ihr und übernahm den Schlauch. Dann rannte sie los, und ohne zurückzuschauen rief sie: »Danke!«

Andrej schrie ihr noch hinterher: »Und grüß ihn von mir! Grüß ihn!«

Der Patient Baranow hatte seine Augen geschlossen und hörte dies alles nur durch den dichten Schleier aus Schmerzmitteln und dumpfer Erschöpfung.

Olga musste nun diese fünf Treppen hinauf. Auf dem Gang kam ihr die Oberschwester entgegen und blieb überrascht mitten im Weg stehen. Olga lief auf sie zu und mit den Worten »Entschuldigen Sie, aber er ist dran!« knapp an ihr vorbei.

Sie hörte noch, wie ihr die Schwester nachrief, dass sie ihn grüßen solle, dass sie ihm alles Gute wünschen solle, alles Gute.

Als sie außer Atem oben in der Verwaltung ankam, wartete ihre Freundin Irina Andrejewna schon ungeduldig auf sie, streckte ihr den Hörer entgegen, und als Olga ihn vorsichtig an ihr Ohr hielt, war die Raumstation bereits über Europa hinweggeflogen, hatte, während Olga vom dritten in den vierten Stock gelaufen war, fünfhundert Kilometer zurückgelegt und war nun mit ihrem Mann an Bord im Erdschatten über der Mongolei verschwunden.

Olga setzte sich enttäuscht, noch außer Atem, an den kleinen Tisch im Raucherraum neben der Personalabteilung. Einige Minuten saß sie da und konnte an nichts denken, nur fluchen konnte sie. Sie zündete sich eine von ihren dünnen weißen Zigaretten an. Das Zimmer war schäbig. An der Wand hing ein einziges verblasstes Bild von der Küste des Schwarzen Meeres. Auf der Wachstuchdecke vor ihr stand ein Aschenbecher, sonst nichts. Sie zählte die Stummel darin. Es waren vierundzwanzig. Als sie zu Ende geraucht hatte, drückte sie ihre Zigarette aus und sagte leise: »Fünfundzwanzig.«

Sie sah aus dem offenen Fenster nach draußen. Von dort aus, wo sie saß, konnte sie ihre Wohnung im neunten Stock des gegenüberliegenden Plattenbaues sehen. Sie dachte daran, wie sie am Abend wieder allein dort drüben im Wohnzimmer sitzen und der Fernseher flimmern würde. Sie sah sich selbst dort hin- und herlaufen und dachte daran, wie schön es sein wird, wenn ihr Mann zurück ist. Sie dachte, dass sie dann unbedingt tapezieren müssten, denn oben in einer der Zimmerecken blätterte schon etwas Tapete von der Wand. Sie fegte immer mit dem Besen die Spinnweben von der Decke, aber wie lange würde sie dazu noch die Kraft haben?

Sie ärgerte sich darüber, dass sie ihr nicht vorher Bescheid gesagt hatten, dass sie überhaupt nie vorher Bescheid sagen würden; und dann fiel ihr ein, dass Irina Andrejewna jeden Tag eineinhalb Stunden mit der Bahn quer durch die Stadt fahren musste, um auf Arbeit zu kommen, und ihr fiel wieder auf, wie groß Moskau eigentlich war. Irgendwer hatte ihr erzählt, dass wenn man diese Stadt einmal zu Fuß durchqueren wolle, es zwei Wochen dauern würde.

Gleich darauf musste sie an den Patienten Baranow denken, dass es ihn am schlimmsten erwischt hatte, viel schlimmer als all das, was ihr bisher in ihrem Leben passiert war. Er war sicher einmal ein hübscher Mann gewesen, selbst der kahle Kopf stand ihm noch gut. Sie dachte, ein Mensch sollte so nicht sterben müssen wie er. Sie dachte daran, wie sie ihm zwei Tage zuvor die Wahrheit nicht mehr verschweigen konnte, als er immer wieder nachgefragt hatte, wie es stünde mit ihm, sie könne es ihm ruhig sagen, er würde keinen Ärger machen, aber er müsse es wissen, ob der Professor diese Woche noch kommen würde. Er hatte sie wirklich gefragt: »Liebe Olga, sagen Sie mir ehrlich, kommt der Professor diese Woche noch zu mir?« Und sie hatte nur kurz innegehalten und genickt und nichts gesagt, denn sie wusste, dass er wusste, was es bedeutet, wenn der Professor kam.

Warum musste ihr Mann auch so ein Mensch sein, der sich hingibt für solch eine Sache, der sich freiwillig einsperren lässt, auch wenn es das erhabenste Gefängnis der Welt ist, eingesperrt ist er, und dann formulierte sie den Satz, den sie dachte, noch einmal um: ›Nein‹, dachte sie, ›eingesperrt hat er sich selbst, schon immer hat er sich einschließen lassen.‹

Damals schon hatte er den Versuch gemacht, neunzig Tage auszuhalten in einem Raum, der noch kleiner war als die Station, in der er jetzt saß. Er durfte sie, seine Frau, nicht sehen, das gehörte dazu, denn sie wollten wissen, ob ein Mensch stark genug sei, diese ganze Zeit allein nur mit sich selbst zurechtzukommen.

Sie hatte ihn einmal besucht. Davor gestanden hatte sie, vor diesem Raum aus Holz, der von außen aussah wie das schlecht gebastelte Haus eines Kindes und drinnen wie der Nachbau einer Station, die man irgendwann einmal zu den Sternen schicken wollte. Sie hatte damals davorgestanden und gedacht: ›Was wird er jetzt gerade machen, in diesem Moment? Spielt er Schach mit sich selbst? Kratzt er sich am Kopf? Liest er in einem Buch? Schreibt er einen Brief an mich? Wäscht er sich gerade das Gesicht?‹ Was konnte er schon tun da drin.

Sie hatten ihr angeboten, ihn über eine der Kameras sehen zu können, und eigentlich war sie nur deswegen hingefahren; aber als dann nur diese dünne hölzerne Wand zwischen ihr und ihm war, konnte sie es nicht mehr. Sie wollte ihn nicht so sehen, sie wollte nicht wissen, was er tat, wie er aussah nach zwei Monaten Isolation. Sie wusste, dass er ihr fremd sein würde, denn er musste sich sehr weit im Zentrum seines Selbst befinden, und von dort aus kann nur etwas wie Fremdheit von einem Menschen abstrahlen, und davor hatte sie mehr Angst als vor der Zeit der Trennung, die noch vor ihnen lag.

Sie hatten ihr gesagt, dass er sich sehr gut mache, dass er sich wohl fühle und alles wirklich gut verlaufe, viel besser als bei seinem Vorgänger, der nach einem Monat abbrechen und, wie sie erfahren hatte, ›behandelt‹ werden musste. Ihr Mann musste nicht abbrechen, er musste auch nicht behandelt werden. Ihr Mann brauchte niemanden, auch nicht sie, obwohl er immer das Gegenteil behauptete: er könne das alles nur, weil er wüsste, dass sie auf ihn warte, weil er sich ihrer sicher war, und das konnte er auch sein, dachte sie. Er hatte sich nun mal in den Kopf gesetzt, das zu schaffen, zum Wohle der Wissenschaft, zum Ruhme des sozialistischen Arbeiter- und Bauernstaates, der großen Sowjetunion, dass man später, ja, vielleicht irgendwann sogar er selbst, zum Mars und noch weiter hinaus ins Universum fliegen könne. Sie lag immer mit sich im Streit darüber, ob sie stolz oder wütend auf ihren Ehemann sein sollte, der etwas so Unmenschliches fertigbrachte.

Das alles dachte sie jetzt, während sie schon seit einiger Zeit Ringe mit ihrem Zeigefinger auf das Tischtuch malte. Und dann dachte sie noch, dass sie all das niemandem erzählen konnte, denn sie hatte Angst, sie würden ihn dann nicht mehr hoch lassen, und das wäre tatsächlich das Einzige, was er ihr nie verzeihen würde.

GESPRÄCHE MIT OBEN – WINNIE

Winnie war ein Mädchen vom Lande. Sie war tausend Meilen entfernt vom Meer aufgewachsen, in einer Kleinstadt mitten in Wyoming. Ein kräftiger Fluss zog sich linkerhand des Highways durch das Städtchen und teilte den Ort in zwei Hälften. Auf der grünen, bewässerten Seite erstreckten sich endlose Maisfelder und dazwischen breite Streifen Weideland. Auf der anderen Seite der Stadt verlor sich eine verdorrte Steppe in den Schluchten und Hängen eines steinigen Vorgebirges. Die Luft, die Winnie ihre gesamte Kindheit hindurch eingeatmet hatte, war trocken und staubig von den hinter ihrem Haus vorbeiziehenden Rinderherden. Es gab nur drei Attraktionen in ihrem Ort: Die jährlich stattfindende Parade der Kriegsveteranen, ein Schwimmbad und den ›mysterious suitcase man‹, einen Freund ihres Vaters, der im Besitz einer Sammlung von 1200 verschiedenartigen, zum Großteil kuriosen, aber leeren Koffern war.

Winnies Eltern hatten sich, als sie vierzehn Jahre alt war, scheiden lassen, und da sie zwei angesehene Bürger der Stadt waren, störte sich niemand daran. Ihr Vater leitete die örtliche Zweigstelle einer kleinen regionalen Bank. Er war beliebt, saß den ganzen Tag in seinem winzigen Büro an der Hauptstraße, und alle Leute aus der Gegend brachten ihm ihr Geld. Er war Bankdirektor und Kassierer zugleich und bürgte mit seinen stämmigen zwei Metern und seiner allen im Ort bekannten Treffsicherheit für die Ersparnisse der Bürger. Die Bank schloss ihre Filiale im Ort kurz nach der Scheidung. Der Vater wurde arbeitslos und Stammgast in der Bar gegenüber. Er hätte sicher in einer anderen Stadt eine Arbeit finden können, aber er wollte nicht weg. Schließlich gab man ihm eine kleine Anstellung als Pförtner im Rathaus. Diese Demütigung nahm er scheinbar widerstandslos hin, aber Winnie kannte die Wut, die in ihm steckte und oft aus ihm herauskam, wenn sie allein mit ihm war. Dann schimpfte er auf die Leute, die ihn entlassen hatten, und über den Bürgermeister, der ihm die neue Stelle verschafft hatte.

Winnies Mutter war Ärztin für Allgemeinmedizin, und trotz einer neu erbauten Klinik in der benachbarten Stadt lief ihre eigene kleine Praxis gut, denn sie war bei den Farmern angesehen, nicht etwa weil sie eine gute Ärztin war, sondern weil sie etwas von Pferden und Rindern verstand.

Die Vorfahren ihrer Mutter, italienische Einwanderer, waren Farmer gewesen. Die Großmutter ihrer Großmutter hatte auf der Überfahrt in die neue Welt ihren zukünftigen Mann, einen unerschrockenen und robusten Iren, kennengelernt. Sie war bereits schwanger, als sie sich auf den Weg in den Westen machten. Aber sie konnte die beschwerliche Reise auf dem California Trail nicht fortsetzen, und so blieben das satte Grün der Küste und der Traum ihres Mannes vom großen Goldfund eine Illusion. Man ließ ihren Planwagen in der Wildnis Wyomings zurück. Ihr Mann schlug vier Pflöcke in die staubige Landschaft und baute ein Haus und einen Stall. Andere Familien siedelten sich in der Nachbarschaft an. Das Städtchen wuchs, und es entstand nur aus einem einzigen Grund, weil sie es alle nicht geschafft hatten. Eine Siedlung von Versagern und Schwächlingen. Nichts anderes hatte Winnie je von diesen Leuten, den Gründungsvätern der Stadt, gedacht. Und die Beteuerungen ihres Geschichtslehrers, Mr. Willarby, die Farmer hätten fruchtbaren Boden und üppiges Weideland vorgefunden, konnten Winnie nicht davon abbringen. Für sie waren alle auf halber Strecke im Staub oder Morast steckengeblieben.

Winnie wollte weg aus der Provinz, sie wollte an die Westküste und dort an einem angesehenen College Medizin studieren, aber trotz guter Leistungen in der örtlichen High School gelang es ihr nicht, an einer der großen Universitäten aufgenommen zu werden. Schließlich gab sie sich mit einem zweitklassigen College in Oakland zufrieden und versprach ihrer Mutter, sobald als möglich auf die University of California zu wechseln. Sie verließ ihr Heimatstädtchen, als sie einundzwanzig war und hatte nicht vor, wiederzukommen. Nach zwei Jahren war der Wechsel an eine andere Universität für sie in weite Ferne gerückt. Das Studium fiel ihr schwerer, als sie gedacht hatte. Sie hatte sich damit abgefunden, in Oakland zu bleiben und dort ihren Abschluss zu machen.

Eine Jugendfreundin ihrer Mutter hatte in San Francisco eine renommierte onkologische Praxis, und Winnie konnte während der Semesterferien den Sommer über dort arbeiten. Da Winnie jung, attraktiv und nicht auf den Mund gefallen war, teilte man sie als Urlaubsvertretung der Empfangsdame ein. Sie koordinierte die Termine und kümmerte sich um die Kunden, die im Wartezimmer saßen und alle eines gemein hatten, sie waren reich. In dieser Praxis gab es keine Patienten, es gab nur Kunden. Man wollte diesen Leuten nicht das Gefühl geben, krank zu sein.

Eines Morgens kam Winnie zur Arbeit, öffnete das Kalenderprogramm und sah, dass jemand die Termine des Tages ausgetragen und einen einzigen Kunden eingetragen hatte. Kurz darauf rief ihre Chefin alle Mitarbeiter im Wartezimmer zusammen und erklärte, dass im Laufe des Tages, wann, wisse sie nicht genau, ein Milliardär zu einer Magenspiegelung kommen würde. Sie müsse nicht betonen, wie wichtig ein solcher Besuch für die Praxis sei. Er wolle von niemandem direkt angesprochen werden und ausschließlich über seinen Manager mit den Mitarbeitern kommunizieren.

Drei Stunden später klingelte das Telefon, und der Manager kündigte Steves Erscheinen an.

Winnie erinnerte sich später oft daran, wie zunächst die beiden Leibwächter die Lage erkundeten und dann Steve, begleitet von Sanchez, dem Manager, die Empfangshalle betrat. Steve ging den großen, in den Marmor eingelassenen goldenen Koordinatenstern auf und ab, ließ sich in einen Sessel fallen, stand wieder auf, ging einige Meter und setzte sich dann auf eine Bank am Fenster. Sanchez besprach mit ihrer Chefin noch einmal den Ablauf.

Winnie kannte diese Kunden, und sie kannte deren Angst, denn die unterschied sich in nichts von der gewöhnlicher Leute. Winnie hatte sich besonders um diese Kunden zu kümmern und sie abzulenken. Sie hatte ein Talent, die Leute auf andere Gedanken zu bringen. Also ging sie um den Tresen herum. Die Bodyguards hielten sie wohl für ungefährlich, denn sie zuckten nicht einmal, als sie sahen, dass sie sich ihrem Schützling näherte. Winnie bemerkte den nervösen Blick ihrer Chefin, wie sie an Sanchez vorbei zu ihr hinübersah.

Steve saß da und starrte stumm auf den Boden, bis Winnies Füße vor ihm auftauchten. Da schaute er zu ihr auf, und sie sah sein bleiches Gesicht.

»Sie müssen keine Angst haben«, sagte sie. »Daran ist noch niemand gestorben, glaube ich.«

Steve warf einen kurzen Blick hinüber zu seinen Leibwächtern, dann lächelte er Winnie zu und sagte, dass das nicht sehr überzeugend klinge. Sie erklärte ihm, wie man einem Kind etwas erklärt, dass sie bereits seit drei Wochen in der Praxis wäre und seitdem niemand gestorben sei, also werde wohl auch er es überleben.

Sanchez war hinter sie getreten, und sie hörte ihn sagen, dass alles vorbereitet sei. Steve stand auf, er war einen Kopf größer als Winnie, und sie wich vor seinem stämmigen Körper zurück. Er ging mit einem Lächeln an ihr vorbei und sagte: »Fast hätte ich mir gewünscht, dass Sie meine Hand halten. Aber es ist kein schöner Anblick, ein Mann mit einem Schlauch im Mund.«

Sie wusste nicht, was sie sagen sollte und zwinkerte ihm nur kurz und ein wenig verlegen zu.

Winnies Chefin hatte ihr gesagt, dass es gut wäre, wenn das Erste, was dieser Milliardär nach der Narkose sehen würde, ein hübsches Gesicht wäre. Kurze Zeit später saß Winnie im Aufwachraum neben Steve und wartete darauf, dass er zu sich kam. Er atmete ruhig, sein kräftiger Brustkorb hob und senkte sich. Andere Männer konnte sie kaum anschauen, wenn sie so dalagen und schnarchten oder aus ihrem Mund der Speichel lief, aber Steves Züge hätte sie stundenlang betrachten können. Sie hatte sein Anmeldeformular gesehen und wusste, dass er sechsundvierzig war. Steve hatte kaum Falten, einige feine um die Augen herum und zwei kleine, tiefere um den rechten Mundwinkel. Seine Haut war gepflegt und makellos, die Augenbrauen gezupft, die langen Wimpern schwarz und gleichmäßig. Zwischen all dieser Zartheit lag seine große und etwas schiefe Nase. Es war nicht seine Schönheit, sondern der Ausdruck in seinem Gesicht, der Winnie faszinierte, als wäre dieser Mann der zufriedenste Mensch auf der Welt.

Als Steve die Augen öffnete, Winnie ansah und sie ohne zu zögern fragte, ob sie mit ihm am nächsten Tag essen gehen würde, sagte sie: »Ja.«

Sie hatten gute Zeiten gehabt, ja, das erste Jahr war Winnie wie ein Traum erschienen. Die Wünsche, die sie äußerte, erfüllte ihr Steve ausnahmslos und mit kindlicher Freude. Winnies Ansprüche waren jedoch so klein und unscheinbar vor den unvorstellbaren Möglichkeiten, die Steve ihr bieten konnte, dass er nur lachte und sie abküsste und ihr die ›Wünschchen‹, wie er sie nannte, erfüllte. Eines Tages erklärte er ihr, dass es so nicht weitergehen könne, sie werde sich von nun an überraschen lassen müssen.

Steve zeigte ihr die Welt. Eine Welt, die nur für wenige Menschen existierte. Eine Welt neben der Welt. Ihre erste Reise führte sie nach Europa. Sie flogen von San Francisco nach Florida in einem großen Flugzeug, auf dem Steves Name mit riesigen blauen Buchstaben geschrieben stand. Sie flog also mit

Steve und diesem Flugzeug, das Steve hieß, nach Florida. Er tat ihr gegenüber so, als gehöre ihm das alles nicht, er tat so, als wäre dieser ganze Reichtum auch für ihn etwas Neues und Einzigartiges. Er sagte zu ihr: »Ich habe das Gefühl, alles, was ich erreicht habe, erst mit dir richtig genießen zu können.« Und Winnie spürte, dass er das wirklich glaubte.

Als sie auf dem Flughafen in Fort Lauderdale gelandet waren, wartete eine Limousine auf sie. Steve hielt die Fahrt über seine Augen geschlossen und wiederholte ständig: »Ich bin gespannt, was uns erwartet.« Und Winnie sperrte ihre Augen auf, um nichts zu verpassen. Sie fuhren auf ein Hafengelände, eine Kaimauer entlang und auf einen weißen Ozeandampfer zu. Eine Laderampe war heruntergelassen, und Winnie konnte es nicht glauben, das Auto fuhr die Rampe hinauf und in den Bauch des Schiffes hinein. Hinter ihr schloss sich die Luke, und ein lauter und tiefer Ton erklang. Steve öffnete seine Augen, lächelte und sagte: »Ich hoffe, du wirst nicht seekrank.«

Was dann folgte, waren die schönsten Wochen in Winnies Leben. Der Ozean. Sie hatte nicht gewusst, dass sie eine Seefahrerin ist. Sie hatte die Meere immer als Wüsten aus Wasser empfunden, aber an dem Abend, als sie das erste Mal an Deck dieses Schiffes stand und spürte, wie es die mächtigen Wogen unter sich teilte, da fühlte sich Winnie zu Hause und an ihrem Platz.

Steve gab sich die größte Mühe, sie zu unterhalten. So fuhren sie die schönsten Mittelmeerhäfen an und spazierten Arm in Arm durch die Gässchen, und Winnie zeigte auf diesen Palazzo und jene Kirche. Sie staunte über die vielen Jahrhunderte, die es in diesem Europa gegeben haben musste, und der Nacken tat ihr bald weh vom vielen Nach-oben-Starren. Sie liebte es, wenn Steve unvermittelt stehenblieb, als hätte er etwas Wichtiges vergessen und sie lange und fest küsste.

Sie erlebten die Sonnenuntergänge nicht mehr an Deck, sondern auf den Boulevards und Promenaden der Côte d'Azur, auf den Terrassen der Hotels und Casinos und während rauschender Feste in verwunschenen Gärten. Sie durchquerten die griechischen Gewässer, ankerten vor Inseln, an denen, wie Steve erzählte, Odysseus gestrandet sein musste. Sie gingen an endlosen Schlangen von Touristen vorbei und standen ganz allein, Hand in Hand, in den Hallen der Museen, und Winnie hörte ihr eigenes Flüstern und Steves tiefe Stimme durch die Säle klingen. Sie sahen die lichtüberfüllte Kathedrale von Palma, liefen ungestört durch die Gänge des Colosseums und standen staunend in der Sixtinischen Kapelle. Sie schauten von der Akropolis hinab auf das laute Athen und liefen, von niemandem beobachtet, durch die Tempelstadt Karnak.

Winnie speiste mit echten Prinzessinnen, Scheichs, Ministern, Generälen, berühmten Schauspielern, Malern und Rennfahrern, wobei ihr die Rennfahrer die liebsten waren.

Doch es dauerte nicht lange, bis Winnie eine Müdigkeit überkam, eine Erschöpfung und schließlich doch die Langeweile. Sie verstand nicht, worüber sich diese Menschen, mit denen sich Steve umgab, unterhielten, sie verstand deren Späße nicht und überhaupt nichts, wenn es um deren alltägliche Probleme ging.

Eines Abends, Winnie hatte leichte Kopfschmerzen, trat ihr die Frau eines Geschäftspartners von Steve entgegen und sagte: »Ich kann Ihnen nicht sagen, wie schwer es ist, in Alexandria vernünftige Handschuhe zu bekommen.« Winnie konnte nicht mitreden, auch wenn Steve sich redlich mühte, sie auf dem Laufenden zu halten. Es gelang ihr nicht, an diesen Gesellschaften teilzuhaben. Sie kam sich vor, und dieses Gefühl steigerte sich von Woche zu Woche, wie jemand, der sich eingeschlichen, wie jemand, der keinerlei Berechtigung zu einem derartigen Leben hat. Oft fing sie Blicke auf, die sagten: ›Du bist nur eine Episode.‹ Andere, und das tat ihr weitaus mehr weh, schienen großes Interesse an ihr zu haben, aber Winnie spürte, dass es eine Neugier war, die sich ebenso gut auf den Häuptling eines Urwaldstammes beziehen konnte. »So, so, Ihr Vater ist Pförtner in einem Rathaus. Wie originell.« Ja, irgendwer hatte tatsächlich »originell« gesagt.

Ab und zu landete ein Helikopter auf dem Deck, und Steve flog zu irgendeiner geschäftlichen Verabredung aufs Festland. Wenn er dann über Nacht blieb, stieg Winnie die vier Decks zum Schiffspersonal hinunter und lud sie auf ein paar Getränke ein. Die Partys, die dort gefeiert wurden, hellten ihre Stimmung regelmäßig auf.

Nach drei Monaten Mittelmeerkreuzfahrt traten sie die Heimreise an.

Eines Nachts, mitten auf dem Atlantik, wachte Winnie auf. Es war stockfinster im Schlafzimmer. Steve lag nicht neben ihr. Sie bemerkte, wie das Schiff schwankte. Sie hörte, wie im Badezimmer etwas umfiel und auf dem Marmorboden hin- und herrollte. Sie stand auf, zog sich ihren Abendmantel über und verließ das Zimmer. Sie torkelte durch die Gänge, die Treppen hinauf; Winnie wusste, dass man bei starkem Seegang den Lift nicht benutzen sollte. Ein unheilvolles Donnern wurde lauter, und sie folgte ihm, wie hypnotisiert, stieß beim Gehen immer wieder gegen die Wände. Vor der Tür zum Skysalon standen Miguel und Dominic und hielten Winnie davon ab, hineinzugehen. Sie blickte durch das Bullauge der Tür. Der schwarze Flügel hatte sich von seinen Beinen gerissen, die nur noch als zersplitterte Stümpfe in ihren Halterungen steckten. Sie sah, wie der amputierte Flügel durch den Salon rutschte, wie er Tische und Stühle mit entsetzlichem Lärm vor sich herschob und gegen die Wände schmetterte. Die Saiten in ihm klangen bei jedem Schlag, und Winnie ergriff ein Entsetzen vor dieser höllischen Musik.

Sie stieg die Treppe zur Brücke hinauf und trat ein. Charles, der Kapitän, saß nicht in seinem Sessel. Er stand frei vor dem großen Fenster, gegen das die Gischt der Wellen schlug. Sein Körper vollführte schwindelerregende Bewegungen in alle Richtungen. Dann schien es nicht mehr Charles zu sein, der sich bewegte, sondern das schwere Schiff, das um seinen Kapitän herum schwankte.

»Kein Grund zur Sorge«, sagte er zu ihr, und dabei lächelte er den Steuermann an. »Zum Glück ist das hier kein Fischkutter.«

Sie fragte, wo Steve sei, und Charles antwortete nur: »Online.«

Winnie lief nach unten und in Steves Arbeitszimmer. Er saß an seinem Schreibtisch, und Sanchez lümmelte auf dem Sofa, die Beine auf die Lehne gelegt. Wie der Kapitän schienen auch die beiden vollkommen unbeeindruckt von dem, was draußen vor sich ging. Sie saßen in dieser Kabine wie in einem Büro in San Francisco. Als Steve ihr beunruhigtes Gesicht sah, sagte er, dass er sich gleich um den Flügel kümmern werde.

»Was machst du?«, fragte sie ihn und versuchte, nicht ängstlich zu klingen. Eine Frage, die sie ihm noch nie gestellt hatte.

»Wir müssen das noch schnell erledigen. Nachher ist sicher der Empfang weg«, sagte Steve.

Es muss an dem Unwetter gelegen haben, dass sie zu seinem Schreibtisch ging und sich neben ihn stellte. Sie wollte von ihm in die Arme genommen werden. Sie hatte Angst. Steve küsste kurz ihre Hand, und Winnie sah, wie Steve eine Zahl von einem Blatt ablas und in den Computer eintippte, eine nicht enden wollende Zahl, und sie sah, wie er dahinter vermerkte: ›Terminüberweisung: Montag 9:00 Uhr ausführen.‹ Dann schickte er die Nachricht ab. »So, fertig«, sagte er, und Winnie fragte, was das für eine Überweisung gewesen sei. Steve blickte zu ihr auf und antwortete: »Das ist eine Spende.«

»Eine Spende für wen?«, fragte Winnie, und Steve sagte: »Für eine gute Sache.«

In diesem Moment neigte sich das Schiff in einer anhaltenden Bewegung nach rechts, und Winnie hielt sich an Steves Schreibtisch fest. Es fühlte sich an, als würde dieses Kippen nie aufhören, und ihr stockte der Atem. Steve und Sanchez erhoben sich und standen ganz schräg im Raum. Das Schiff drehte sich langsam zurück, und Winnie atmete erschöpft aus.

Als sie die Brücke erreichten, übersah Steve die Lage und besprach sich mit Charles. Beide stellten fest, dass es eine ungemütliche Nacht werden würde. Und das wurde es auch.

Winnie bat Steve, mit ihr unter Deck zu kommen, doch er erklärte ihr, dass er auf der Brücke bleiben müsse und dass es auch für sie besser wäre, wenn sie bei ihnen bliebe. Denn ein Sturm sei im Bauch eines Schiffes schwerer zu ertragen als auf der Brücke. Sie wäre auch geblieben, aber sie ertrug das harte Schlagen der Gischt gegen die Fenster nicht. Sie erschrak, wenn sich das Schiff nach rechts oder links legte und die schwarzen Wellen sich vor und neben ihr wie riesige Felswände aufstellten. Und sie ertrug das unaufhörliche Schwanken des Kapitäns nicht länger.

Winnie lief unter Deck umher und ziellos durch die Gänge. Die Besatzung war damit beschäftigt, die beweglichen Gegenstände auf dem Schiff zu befestigen und zu verstauen. Winnie wurde eindringlich empfohlen, sich auf irgendeine Couch zu legen und ein, zwei Whiskey zu trinken.

Kurze Zeit später saß sie in einem Sessel in der Bibliothek, die Beine an ihren Körper gezogen, und trank einen Martini. Ihr war hundeübel, und sie gestand sich ein, dass sie Angst um ihr Leben hatte. ›Ich, eine Seefahrerin?‹, dachte sie.

Sie hörte das dumpfe Krachen des Flügels über sich, als würde er das gesamte Schiff zerschlagen. Sie versuchte auf andere Gedanken zu kommen, aber was sie vor ihrem geistigen Auge sah, machte ihr noch mehr Angst. Sie wusste nicht, warum sie gerade daran denken musste, an das Bild ihres Ururgroßvaters am Wounded Knee. Es hing im Wohnzimmer ihrer Eltern. Als Kind hatte sie sich davor gefürchtet. Ihr Ururgroßvater auf einem schwarzen Pferd und hinter ihm verstreut kleine Bündel im Schnee. Sie wusste nicht, was das für Bündel waren, und niemand hatte es ihr erklärt. Trotzdem fürchtete sie sich vor ihnen, und später, als sie es erfahren hatte, als sie wusste, was ein Massaker ist, forderte sie ihre Eltern auf, das Bild abzunehmen und zu verbrennen. Aber es wurde nicht abgenommen. Von diesem bedeutenden Ereignis gab es nur ein halbes Dutzend

Aufnahmen, und auf einer davon war ihr Ururgroßvater zu sehen. Es war das einzige Bild, das es von ihm gab. Also konnte es nicht abgenommen und schon gar nicht verbrannt werden.

In dieser Nacht, damals unter Deck, wusste Winnie, dass sie Steve verlassen müsse. In dieser Nacht spürte sie eine Dunkelheit, die Steve umgab, von der er selbst vielleicht nichts ahnte. Dieser kleine Junge, den sie im Aufwachraum in ihm gesehen hatte, war nur der geringste Teil von Steve. Der größte Teil von ihm war so viel erwachsener und männlicher als all die Liebhaber, die sie vor ihm gehabt hatte.

Sie waren zurück in San Francisco. Steve hatte unglaublich viel zu tun, und Winnie wusste nicht, was sie machen sollte. Ihr Vater kam zu Besuch. Er und Steve begegneten sich nur einmal. Steve gab sich alle Mühe mit ihm, obwohl er wusste, was ihr Vater von ihm und seiner Art, Geld zu verdienen, hielt. Er hatte Steve einmal Winnie gegenüber als Gauner bezeichnet, und sie hatte ihrem Vater erklärt, dass es unmöglich sei, sich in einem demokratischen Land ein derartiges Vermögen unrechtmäßig anzueignen. Da hatte ihr Vater nur gelacht, und dann versuchte er ihr zu erklären, womit Steve sein Geld verdiene. Er sprach von Leerverkäufen, Derivaten, Hedgefonds und ganzen Ländern, gerade in Europa, die wegen genau solcher Leute am Abgrund stünden. Winnie bekam Kopfschmerzen davon.

Insgeheim fragte sie sich, ob es irgendeine Art Rechtfertigung gab für diese Welt, in der Steve lebte, ja, schon bald plagte sie der Gedanke, dass es wohl unmöglich ist, mit einer solchen Zahl auf dem Bildschirm nicht beteiligt zu sein am Missgeschick der Menschheit. Sie wusste, dass Steve kein schlechter

Mensch ist, aber ihre zunehmende Furcht vor seiner Bedeutung in der Welt fraß an der Bewunderung, die sie für ihn hegte. Steve dachte wohl, sie würde ihn für einen Helden halten, wenn er sich ins All schießen lässt.

Er hatte sich einen Flug zur internationalen Raumstation erkauft und die Genehmigung der NASA, neunzehn Tage im All zu verbringen. Die Wochen vor Steves Abflug hatte Winnie wie in einem unruhigen Schlaf verbracht. Je näher der Start rückte, umso weiter schien sie sich von ihm zu entfernen. Sie fürchtete, dass nach einem solchen Erlebnis für Steve und sie beide nichts mehr kommen würde, ja, nichts mehr kommen konnte.

Und dann war sie allein, allein in Steves Haus, in Steves Bett, auf Steves Terrasse, während er oben in unglaublicher Geschwindigkeit um die Erde kreiste. Anfangs verfolgte sie noch seinen nächtlichen Flug und sah den hellen Punkt am Sternenhimmel vorüberflimmern. Aber im Laufe der Tage wendete sich ihr Blick vom Himmel ab und hin zu sich selbst.

Die trockene Pinie, unter der Winnie lag, spendete einen zerstreuten Schatten. Ein leichtes Lüftchen wehte und brachte das leise Rauschen des Pazifik mit sich. Neben Winnie stand ein gusseisernes Tischchen mit geschwungenen Beinen. Darauf ein Glas Martini und ein Telefon.

Sie konnte nicht schlafen, so sehr sie es versuchte. Sie öffnete die Augen, blinzelte in die Sonne und richtete sich auf. Sie schaute hinaus auf das Meer. Die Sonne glitzerte auf dem dunkelblauen Ozean. ›Das werde ich vermissen‹, dachte sie.

›Ist es ein Fehler? Bin ich gerade dabei, den größten Fehler meines Lebens zu begehen?‹

Sie kam sich schlecht vor, Steve zu verlassen, wo er doch nichts dringender brauchte als die Liebe selbst. Und die würde sie nun mitnehmen und nichts zurücklassen. Er würde nicht einmal mehr spüren, dass sie da gewesen war, denn seine Angestellten würden das Haus gründlich aufräumen, bevor er zurück wäre. Sie hätten all ihre Spuren beseitigt. Steve würde kommen, und es würde sein, als wäre sie nie da gewesen. Er mochte ihre Unordnung, sie hatte versucht, Spuren in seinem Leben zu hinterlassen und seinen Bediensteten verboten, ihre Sachen aufzuräumen. Sie hatte versucht, das Haus systematisch in Unordnung zu bringen, und er würde das nun vermissen.

Aber das alles musste ihr egal sein, denn sie würde in einem Monat vierundzwanzig werden. Sie würde in San Francisco bleiben und jeden Tag nach Oakland pendeln. Sie würde sich ein Appartement mit Charlotte teilen und abends mit ihr durch die Bars ziehen. Sie würde wieder in den Vorlesungen sitzen, und die Grünschnäbel würden ihr eifrig den Teppich ausrollen, und sie würde unbeschwert darüber hinweggehen und das alles genießen. Sie würde einigen von ihnen erlauben, sie zu küssen, und mit manchen von diesen Jungen würde sie Sex haben, und sicher würde sie irgendwann den Mann kennenlernen, der gut für sie ist. Auf all das freute sie sich jetzt.

Winnie war sich sicher, dass es zu früh war, sich festzulegen, und das Einzige, wovor sie Angst hatte, das Einzige, wovor sie sich wirklich fürchtete, war, dass genau das nicht stimmte.

Tief in ihr saß ein Gedanke schon seit ihrer Kindheit. Der Gedanke daran, dass sie es nicht schaffen würde, auf eigenen Beinen zu stehen, dass sie, wie damals die Siedler, auf halber

Strecke zurückbleiben und an keines ihrer Ziele gelangen würde. Aber was waren ihre Ziele? Was konnte denn noch vor ihr liegen nach den Erlebnissen der vergangenen Monate? Winnie ahnte, dass die Entscheidung, Steve zu verlassen und dieser unglaublichen Verlockung zu entfliehen, sie ihr gesamtes Leben lang verfolgen und bedrücken würde.

Früher oder später würde sie zurückkehren in ihren Heimatort; und sie wusste auch, dass sie die Praxis ihrer Mutter nie übernehmen könne. Sie verstand weder etwas von Pferden oder Rindern, noch war sie ehrgeizig genug, eine eigene Praxis zu führen. Sie ahnte, dass sie, wenn alles gut ginge, als Schwester in einem Krankenhaus enden würde. Sie ahnte, dass sie ein unbedeutendes und vor aller Welt unsichtbares Leben führen würde. Und jetzt, da sie entschlossen war, den entscheidenden Schritt zu gehen, da sie wieder vor ihrem eigenen Leben stand, dachte sie:

›Überfordere dich nicht, lass dir Zeit, Hauptsache, du stehst es durch und musst nicht aufgeben, denn vom Aufgeben erholt man sich nicht.‹

Das Telefon klingelte. Winnie zögerte, ließ es noch zwei weitere Male klingeln. Sie setzte sich ihre Sonnenbrille auf und hockte sich neben das kleine Tischchen. Dann nahm sie den Hörer ab.

»Ja. Ja, hörst du mich?«

Sie wartete einige Sekunden, bis die Verbindung hergestellt war.

Es knackte mehrmals laut im Hörer, und sie musste ihn ein Stück weghalten vom Ohr.

»Hallo, Steve, bist du dran? Steve?«

Dann war eine Stimme zu hören. Steve antwortete ihr hell und euphorisch, und sie fragte ihn:

»Haben wir heute mehr Zeit, ich muss dir nämlich etwas Wichtiges sagen.«

Steve sagte ihr, dass sie Zeit hätten, aber er müsse ihr erst erzählen, dass nichts auf der Welt so schön sei wie das, was er jetzt gerade sieht und dass er ihr die Fotos, die er gemacht habe, zeigen müsse, wenn er wieder unten sei. Aber Fotos seien eigentlich gar nichts, überhaupt nichts. Eben erst sei er über Kalifornien gewesen und hätte ihr schönes Gesicht gesehen, neben dem Pool. Er lachte. Das nächste Mal müsse sie unbedingt mit hinauf, das wäre ja ein Klacks, er würde das für sie bezahlen, es wäre kein Problem, aber sie müsse das unbedingt sehen, und eigentlich wollte er es ihr zu ihrem Geburtstag schenken, aber er könne nicht mehr warten, und er müsse es ihr jetzt sagen, weil er dort oben ein neuer Mensch geworden sei. Das Einzige, was ihn störe, sei der ständige Lärm der Belüftungsanlage, es sei wie in einer Maschinenfabrik, er hätte gedacht, es wäre ganz still, und dann sagte sie, wie um ihn zur Ruhe zu bringen:

»Steve, ich weiß nicht, ob ich dann noch da bin.«

Im Hörer knackte es wieder. Sie dachte schon, die Verbindung sei unterbrochen, aber dann hörte sie seine Stimme, wie er verstört fragte, was denn los sei und ob das nicht warten könne. Sie beugte sich noch weiter nach vorn über das Telefon und sah die Strahlen der Sonne im Pool leuchten.

»Du bist jetzt drei Wochen da oben, ich dachte, ich sag' es dir, wenn du wieder da bist, aber es muss jetzt sein. Ich habe viel nachgedacht. Ich werde wieder studieren, ich werde das Studium doch zu Ende bringen, nein, lass mich bitte ausreden, bitte, ich muss dir das jetzt sagen, es war schön mit dir, aber das hier ist nicht mein Leben.«

Sie hielt inne und horchte, ob er etwas erwidern würde, doch sie hörte nur ein Knistern und sein Schweigen dahinter. Dann sprach sie weiter:

»Das hier ist dein Leben, und da passe ich nun einmal nicht hinein. Tut mir leid, dass ich das jetzt am Telefon sage und unter diesen Umständen, aber ich kann das nicht aufschieben, nein, nein, warte, ich weiß, das war auch alles sehr schön, es war wirklich schön, aber ich kann es nicht mehr, das ist mir jetzt klargeworden. Du hast vorgestern gesagt, dass da oben alles viel klarer wird, dass man alles viel klarer sieht, dass die Welt schön ist und so. Das finde ich auch, verstehst du, ich finde das auch. Ich werde Miguel meinen Schlüssel geben. Nein, bitte, ich werde das so machen, daran gibt es nichts zu rütteln. Du bist ein guter Mensch, und du wirst wieder jemanden finden, aber ich bin es nun einmal nicht. Ich muss erst mal mit mir allein klarkommen, verstehst du. Du kommst ja klar, auch ohne mich. Dir gehört die Welt, da hast Du schon recht, sie gehört dir, sie steht dir zu. Du kannst sie haben, wie du sie immer hattest, aber ich bin nur ein kleines Licht, und ich muss sehen, dass ich, ich weiß nicht, wie ich es sagen soll, ich muss sehen, dass ich nicht ausgehe, verstehst du. Hörst du mich noch? Steve? Wenn du das noch hörst, bitte ruf mich nicht an, ich werde zu meiner Mutter fahren. Wir werden uns eine Weile nicht sehen. Also mach's gut, ja, und komm heil wieder runter. Mach's gut, es tut mir leid.«

Das Rauschen und Knacken im Hörer vermischte sich mit dem Schäumen des Meeres, und sie hörte noch einen Moment zu, während Steve dort oben hunderte Meilen weiterflog und sich vielleicht schon über dem Atlantik befand.

Winnie legte den Hörer ruhig auf die Gabel zurück, stand auf und stellte sich an den Rand des Pools. Sie sprang kopfüber hinein. Sie genoss den kalten Schauer, der ihren Körper ergriff. Sie tauchte bis zum Ende des Beckens, wendete unter Wasser und tauchte zurück. Sie zog sich am Rand nach oben und stieg aus dem Becken. Nachdem sie sich abgetrocknet hatte, trank sie einen Schluck Martini. Dann legte sie sich auf die Liege und setzte ihre Sonnenbrille auf. Sie schaute hinaus aufs Meer, das, durch die Tönung der Brillengläser in ein angenehmes Braun getaucht, vor ihr lag. Sie sah, wie die Pelikane sich aus dem Himmel fallen ließen, wie Pfeile ins Wasser schnellten, verschwanden, auftauchten und auf den Wellen schaukelten.

Sie blieb noch drei Tage, bevor sie Miguel die Schlüssel zum Haus gab und abreiste. In diesen drei Tagen hatte sie Delfine gesehen, die unten in der Bucht spielten, sie hatte gesehen, wie ein Kondor auf den Felsen einem verendeten Seelöwen das Fleisch aus dem Fell riss, und am letzten Tag sah sie die mächtige Schwanzflosse eines Wals auftauchen, sie sah, wie sie sich aufstellte über dem Wasser, ihr zu winken schien und dann lautlos in die Tiefe verschwand.

GESPRÄCHE MIT OBEN – KATHARINA

Es war zwei Wochen vor dem Start, als Katharina gesagt bekam, dass ihre Tochter die Windpocken hätte. Der Arzt beruhigte sie zunächst, denn die Krankheit wäre für ein dreijähriges Kind harmlos, doch dann klärte er sie über die ernsthaften Folgen auf, die ein solcher Infekt für einen Erwachsenen hätte. Katharina hörte ihm nicht mehr zu, denn sie fühlte schon die Tragweite dieses Befundes.

Ein Mensch sollte ins All fliegen. Ein zweiter würde dessen Stelle einnehmen, im Falle, es stieße ihm etwas zu. Katharinas Mann, Christian, war dieser Zweite, der Ersatz, das Backup, und sie wusste von seinen Tauglichkeitsuntersuchungen her, dass er die Windpocken schon als Kind gehabt hatte und daher immun war. Gefährlich war das Ganze also nur für die Nummer eins. Sie würde die Sache melden müssen, und dann würden sie ihren Christian aus dem Programm nehmen, soviel stand fest. Seine letzte Chance, dort hinaufzukommen, war unmöglich geworden, doch in ihr fing eine unheimliche Idee an umherzugehen.

Sie schnallte ihre Tochter in den Kindersitz, stieg ein und fuhr los. Ihre Gedanken waren in großer Verwirrung, und sie hatte Mühe, sie zu ordnen. Sie fuhr aus dem dichten Gedränge der Straßen hinauf auf die Stadtautobahn, um dort einfach nur zu fahren und Zeit zum Nachdenken zu gewinnen. Die hohen Lampen, die sich über die Straße beugten, flackerten schon, während die Sonne tief in das Meer der Häuser eintauchte. Ihre Tochter war bald eingeschlafen, und nach und nach konnte Katharina die Dinge klarer fassen.

Die Zukunft ihres Mannes, seine Bestimmung, ja, sein Leben lag in ihren Händen. Schon im Sprechzimmer war ihr der beklemmende Gedanke gekommen, ja, es war das Erste, was sie gedacht hatte, dass sie zu niemandem ein Wort sagen, dass sie dem blinden Gang der Krankheit, ihrer Verbreitung, freien Lauf lassen werde.

Am Abend sollte die Abschiedsparty für die beiden Astronauten, für ihren Christian und den Anderen stattfinden, bevor sie in die Sternenstadt abreisen würden. Ihre Tochter würde dem Anderen auf dem Empfang schüchtern die Hand geben, und der Andere würde sich freundlich zu ihr hinunterbeugen, sie unter den Armen fassen und überschwänglich hoch in die Luft heben und dann wieder herunter und wieder hinauf, und ihre Tochter würde schallend lachen dabei, und dann würde er sie wieder absetzen, und sie würden noch die Köpfe zusammenstecken und tuscheln unter leisem Gelächter. Und vielleicht würden sich sogar ihre Wangen berühren. Das war das Bild, welches Katharina noch im Krankenzimmer, während sie schon ihre Tochter anzog, vor sich sah, und sie dachte, wie es möglich ist, dass einem die furchtbarsten Gedanken zuerst kommen.

Jetzt, hier, auf der Autobahn dahinfliegend, stellte sie sich vor, wie schon zwei Tage später der Andere mit Fieber im Bett liegen würde. Und sie sah ihren Christian vor der großen Rakete stehen und in die Kamera winken, und sie sah, wie glücklich er war.

Egal ob die Sache herauskommen würde oder nicht, er hätte sein Ziel erreicht, denn für diesen Fall wurde er ausgebildet, auf diesen Fall war er vorbereitet, und sie wusste, wie sehr er sich insgeheim – und sicher auch widerstrebend – einem solchen Schicksalsschlag entgegensehnte.

Und dann stellte sie sich vor, was er tun würde, wenn er herausbekäme, was sie getan hat. Ganz sicher wäre er enttäuscht von ihr und würde dort oben am Bullauge sitzen und zu ihr ins kleine Mikro sagen, wenn er überhaupt mit ihr sprechen würde, dass nichts, aber auch gar nichts solch eine Lüge, solch einen Hinterhalt rechtfertigt. Und er würde sagen, dass er seine eigene Frau nicht kennt, zumindest nicht den entscheidenden Teil von ihr. Aber er wäre frei, könnte frei seine Arbeit tun und, dessen war sich Katharina sicher, genauso gut und gewissenhaft wie sein durch sie ins Unglück gestürzter Partner, denn das waren sie, Partner, wenn nicht sogar vertraute Freunde nach all der Zeit, die sie miteinander verbracht hatten. Und der Gedanke daran versetzte ihr einen gewaltigen Stich.

Wie konnte sie eine Entscheidung fällen? Wie konnte sie ein Urteil sprechen über den Anderen, den Auserwählten und den Einen, den sie liebte.

Sie dachte an Francis. Sie dachte daran, wie es wäre, ihm so etwas anzutun, und ihr wurde schlecht dabei. Sie war mit ihm, Francis, gut bekannt. Zu Beginn des Programms sind sie oft gemeinsam ausgegangen, und diese Abende waren, sie und ihr Mann gestanden es sich offen ein, diese Abende waren Ereignisse gewesen.

Sie hatten Francis zu ihrem ersten gemeinsamen Treffen zu sich nach Hause eingeladen. Sie saßen zu dritt vor dem Kamin, diskutierten die ganze Nacht und tranken den Wein, den er mitgebracht hatte. Er hatte gleich zwei Flaschen davon auf den Tisch gestellt und betont, dass es ein besonderer Wein wäre; und Katharina erinnerte sich genau, dass sie damals dachte, dass er diesen Wein nicht etwa für sie beide mitgebracht hatte, sondern für sich selbst. Natürlich durften sie mit ihm trinken, und er goss ihnen auch bereitwillig nach, aber die Vorstellung, dass er dem Weinkeller des Hauses nicht über den Weg traute, hatte sie damals belustigt; und sie hatte noch gedacht, dass es sicher einige Menschen geben würde, die so etwas als Beleidigung auffassen konnten. Aber sie war belustigt, denn Francis lag absolut richtig, bei Christian und ihr war an einen Weinkeller nicht zu denken, überhaupt hatten sie sich darauf geeinigt, dass sie allem Feinen und den im Übermaß verfeinerten Genüssen nichts mehr abgewinnen konnten. Seit ihrem Umzug in das neue, im Bauhausstil errichtete Wohnhaus lebten sie ein schlichteres Leben. Es gab wohl nicht einen Gegenstand in ihrer Wohnung, von den Fotos an der Wand abgesehen, der keinem praktischen Zweck diente. Sie hatten allem Tand und Nippes abgeschworen und ordneten ihren gesamten Haushalt der Funktionalität unter. Es war ihrerseits keine bewusste Entscheidung gewesen, es war eher eine Zwangsläufigkeit, die mit dem Umzug in ihr neues Heim einherging.

Schon bald verstand Katharina, dass dieser Francis keinen gewöhnlichen Wein trinken konnte, dass alles Gewöhnliche diesem Menschen die Zeit verleidet.

Sie und Christian hatten nach diesem ersten Abend, sie saßen beide aufrecht im Bett, wieder ihr Spiel gespielt; und so war es an Katharina, ihrem Mann diesen Francis mit ehrlichen Worten zu beschreiben, präzise und ins Wesentliche vordringend.

Und sie hatte gesagt: »Er ist wie ein gewaltiger Kristall, in dem nichts verborgen bleibt, in dem absolute Klarheit herrscht und egal wohin man schaut, alles ist hell und erleuchtet«, hatte sie damals gesagt und gleichzeitig gedacht, dass dieser Mensch nicht ohne Grund zur Nummer eins gewählt wurde. Aber das hatte sie ihrem Mann nicht erzählt. Sie erzählte ihm stattdessen, dass man an der Seite dieses Francis' nur zu Grunde gehen und keine Frau der Welt seinen Glanz ertragen könne. Denn zu sehr würden sich in seiner Reinheit der eigene Makel und der Schmutz spiegeln und einem jederzeit zur Schau gestellt sein. Sie erzählte ihrem Christian, dass sie irgendwo gehört hatte, dass man mit einem Kanister destilliertem Wasser in der Wüste verdursten müsse, denn so rein dieses Wasser auch sei, man könne davon keinen Tropfen Leben für sich abgewinnen. »Dieser Francis ist für mich wie destilliertes Wasser«, hatte sie gesagt. Und dann hatten sich beide darüber geeinigt, dass auch Francis nicht frei von menschlichen Schwächen sein kann, aber sie lägen so tief im Verborgenen, wohl genau an der Stelle, wo der Kristall mit breiter Fläche auf der realen Welt aufliegt, dass sie nur unter den äußersten Umständen zu Tage treten würden, jedoch höchstens als Schein und in Worten oder Gesten, aber niemals in einer unbedachten oder gar verzweifelten Tat. Aber mit diesem unvermeidlichen Kontakt zur irdischen Welt wäre auch er nicht frei von Staub.

›Aber was war schon sein Staub‹, dachte Katharina jetzt wieder, verglichen mit dem Schlamm, den sie in sich spürte. Eine

Arroganz, vielleicht das, ein Größenwahn, das strahlte von ihm aus, wenn man ihn nur flüchtig hätte ertragen müssen. Kannte man ihn näher und durfte man in seine Reinheit Einblick nehmen, so sah man in dem scheinbar alles überstrahlenden Hochmut nur die zarte Korona um eine riesenhafte Sonne, um ein riesenhaftes Genie.

Sie verließ die Stadt und fuhr unter dem Regen, der eingesetzt hatte, hindurch. Die Scheibenwischer schoben das Wasser in großen Wellen davon. Die Straße blitzte im Gegenlicht der Scheinwerfer im Sekundentakt auf und funkelte vor ihr. Und sie fuhr hinein wie in ein Beet aus tausend Sternen.

Francis, sie sah ihn wieder, wie er lachte, den Rotwein vor seinem Auge schwenkte, das andere zugekniffen, wie das flackernde Feuer im Kamin sein Gesicht weichzeichnete, wie er scherzhaft davon sprach, dass er die Raumstation für ein kleines Schullabor hält, ein fliegendes Klassenzimmer, in dem man die Fenster nicht öffnen darf. Und als Katharina ihn fragte, wieso er dann da hinaufwolle, hatte er sie angeschaut und schmunzelnd geantwortet: »Um nachzudenken. Eigentlich müssten sie mir einen Schreibtisch dort hinstellen, in ein Zimmer, das sich abschließen lässt«, hatte er gesagt und dann gelacht. »Ich werde meinen Arm ins Fenster legen, und direkt neben mir wird das Universum sein.«

Was war an diesem Francis? Ja, es gab Zeiten, in denen Katharina nicht wusste, ob sie nicht eigentlich in ihn verliebt war. Jedes seiner Worte schien ihr auf ewig im Gedächtnis zu bleiben.

Sie erinnerte sich noch genau an den kräftig fließenden Monolog, den Francis hielt. Von einem Lächeln begleitet, stellte er seine Thesen, wie die schlohweißen Pfeiler einer in den Himmel wachsenden Kathedrale, aufeinander, und alles strahlte matt in Herrlichkeit. »Die Erde ist ein außergewöhnlicher Ort und der Mensch ein kompliziertes Wesen. Der Großteil des Universums hingegen, und dessen bin ich mir sicher, ist simpel und gewöhnlich«, hörte sie ihn sagen, und viele Behauptungen dieser Art wurden von ihr und ihrem Mann noch wochenlang besprochen.

»Jegliche Form der Wissenschaft, die von der Erde aus praktiziert wird, halte ich für mindestens zweifelhaft«, hatte er gesagt. »Der Blick ist getrübt durch unseren Standpunkt, der ein zu großes Privileg darstellt, um daraus Schlussfolgerungen für eine so primitive Welt wie die der Galaxien oder der Kategorie ›Zeit‹ an sich zu ziehen. Für uns Sterbliche stellt das alles ein schier undurchdringliches Geheimnis dar. Aber ich bin mir sicher, die Erklärung für all diese Geheimnisse fällt einfacher aus als die exakte Herleitung von Ursache und Wirkung eines gewöhnlichen Ehekrachs.«

Katharina erinnerte sich, wie beeindruckt sie von diesem Vergleich war und tatsächlich, sie und ihr Christian hatten zwei Wochen später nach einem Streit, die Erziehung ihrer Tochter betreffend, versucht, dessen Ursprung und Hergang sowie jede Art von Verweis auf vergangene Vorfälle lückenlos aufzuklären. Es gelang ihnen natürlich nicht, abgesehen davon, dass der Streit in beider Erinnerung Unschärfen aufwies. Wenn man die Sache gründlich betrieb, kam man nicht umhin, Ursachen von Verletztheit schon im Elternhaus begründet zu sehen, und dann hatte sie von ihrer Mutter erzählt, die ihr das Geigespielen verboten hatte, und ihrer Großmutter, die ihre Tochter mit

eiskaltem Wasser strafte. Und damit war die Sache ein für alle
Mal aus dem Ruder geraten, denn sie hätte sich wohl auch auf
Großväter und Urgroßmütter und in nicht endender Folge auf
alle Generationen bis hin zu Adam und Eva oder den ersten
Einzellern hin ausgedehnt.

»Bei der Verworrenheit der menschlichen Natur muss der
Wissenschaftler zur Vereinfachung, zur Simplifizierung gelangen«, hörte sie Francis sagen. »Man kann sich dem Universum
nur aus größter geistiger Unschuld heraus nähern. Alles andere
ist vertanes Streben.« Und Katharina sah wieder Francis' großes
Gesicht aufblühen, und in ihm entfaltete sich diese Unschuld,
und aller gewitzter Hohn und Spott war aus ihm gewichen.
Und dann hatte er sie noch gefragt, wo denn der unschuldigste
Ort auf der Erde sei, und noch ehe Katharina oder Christian
antworten konnten, hatte er schon nachlässig seinen Arm gehoben und den Zeigefinger nach oben ausgetreckt.

»Der wahre Wissenschaftler muss alles Irdische abstreifen,
vor allem die Einsen und Nullen. Mir dauert die vom Menschen betriebene Erkenntnis-Evolution einfach zu lange. Ich
arbeite am Novum, und entweder es gelingt mir oder nicht.«
Das hatte er gesagt.

Ihr Christian hatte an diesem Abend lange geschwiegen und
zugehört und Katharina oft zu ihm hinübergeblickt, immer
in Erwartung, er würde jeden Moment zurückschlagen. Aber
er sprach erst, als Francis seine Sicht der Dinge in aller Fülle
ausgebreitet und die Wetterfahne auf der obersten Spitze des
Kathedralenturms aufgesteckt hatte. Katharina war gespannt
darauf, was ihr Mann dazu sagen würde. Sie war überrascht,
dass er recht einsilbig und überhaupt nicht kampfeslustig er-

klärte: »Die Welt ist Bestandteil des Universums, da sollten wir uns einig sein, egal wie klein und unbedeutend. Auf ihr wirken Kräfte, ich sage bewusst nicht Gesetzmäßigkeiten, wie im gesamten Kosmos, und daher können wir auch dem fallenden Apfel etwas abgewinnen.«

Das Schulmeisterliche in den Worten ihres Mannes war Katharina nicht entgangen, und sie erkannte ihn nicht wieder, ihn, der sonst allem Freigeist gegenüber so offen eingestellt war. Und Enttäuschung machte sich in ihr breit, ja, sie fühlte eine peinliche Unterlegenheit ihres Mannes gegenüber dieser alles in Frage stellenden Radikalität des Anderen.

»Du siehst, ich backe, wie viele vor mir, die kleinen Brötchen«, hatte ihr Christian noch gesagt. Und dann hatte er Francis' fundamentale Grundhaltung bewundert, allerdings in einer Art, wie man einen Blinden bestaunt, der ohne seinen Stock den Ausgang zu finden weiß. Christian hatte ihm noch gesagt, dass es ihm nicht gefalle, wie er über die Raumstation und ihre Aufgaben spricht. Immerhin sei ja Francis unter Tausenden ausgewählt worden, und nun schätzte dieser Eine die Forschungen dort oben gering. »Ich halte es für eine mutige Entscheidung der Kommission, dich dort raufzuschicken«, hatte er gesagt und: »Ich wünsche dir sogar den Schreibtisch und das Zimmer dazu. Wenn du allerdings mit nichts als Behauptungen von da oben zurückkommst, was ich durchaus befürchte, dann werde ich dich nur noch mehr bewundern: Für deine tapfere Dreistigkeit.« Und hier hatte ihr Christian gelächelt. Es war das Lächeln, das sie von ihm kannte, keine Spur Überheblichkeit oder Missgunst war in ihm zu entdecken. Es war ein ehrliches Lächeln, eines, welches das Gegenüber fest in die Arme schließt und an sich drückt; und kein anderes hatte Katharina je an ihm wahrgenommen. Und so war sie wieder versöhnt mit ihm, denn in dieser Umarmung steckte all seine Größe.

Die beiden Männer stießen mit ihren Gläsern an, und Francis, seinen Wein in die Höhe haltend, sprach einen Toast aus: »Die Wissenschaft ein Glas, wir füllen es voll Mühen. Und andere werden es trinken und deren Gedanken erblühen!« Katharina erinnerte sich genau daran, wie sie danebengesessen hatte, während die beiden sich zuprosteten und ihr eigenes Glas leer war.

Je länger sie über ihre gemeinsamen Abende nachdachte, umso fremder kamen ihr diese beiden Männer vor, und manchmal gestand sie sich Gedanken ein, die sie niemals äußern würde. ›Warum können sie sich nicht damit zufriedengeben, das Universum von einer Gartenbank aus zu betrachten, wie ich es tue?‹ Das war die Frage, die sie sich selbst am häufigsten stellte. Und manchmal verstand sie die Schamlosigkeit nicht, mit der sich die Wissenschaft das Recht herausnahm, in alles ihre große Nase hineinstecken zu dürfen. Aber diese Momente dauerten meist nicht lange und wichen der ernüchternden Erkenntnis, dass sie die Männer für ihre unerschütterliche Furchtlosigkeit bewunderte und gleichzeitig verachtete.

Der Regen hatte aufgehört. Draußen war es stockfinster. Katharina hasste diese Novembernächte, die schon am frühen Nachmittag über das Land hereinbrachen. Auf der Straße kamen ihr nur noch vereinzelte Autos entgegen, und sie fragte sich, ob ihre Tochter im Kindergarten genug gegessen hatte. Dann, ob sie vielleicht umkehren solle, denn es war schon fünf

Uhr, und sie wollten gegen sieben zur Party aufbrechen. Und was würde sie nun eigentlich tun?

Sie war sich sicher, Francis würde der Verzicht auf die Reise ins All weniger ausmachen als ihrem Mann, sein Leben nicht zerstören, ja, sie war sich sicher, dass dieser Andere ein in seinen Standpunkten unerschütterlicher Mensch bleiben würde, auch mit dem Verlust dieser unwiederbringlichen Erfahrung.

Ihrem Christian hingegen ging es schon seit Wochen schlecht. Natürlich drang davon kaum etwas nach außen, aber sein Gemüt hatte sich verdunkelt, je näher der Termin rückte und die Chance, doch noch eingesetzt zu werden, immer unwahrscheinlicher wurde. Katharina glaubte an ihm eine tiefe Depression festzustellen. War er zu Hause, zog er sich in sein Arbeitszimmer zurück, und was er dort tat, blieb ihr verborgen. Seine Offenheit und die Freude, die sonst seine Worte begleiteten, waren eine Woche vor dem Start vollständig verschwunden. Schon konnte sie beobachten, dass er anderen gegenüber nachlässig und unschlüssig wurde. Sein ganzes Wesen begann sich zu verändern, und Katharina hatte noch einen Tag zuvor gedacht, dass, sollte ihr Christian den Kosmos seinen Lebtag durch ein Teleskop betrachten müssen, sie ihn verlieren und jemand ganz anderes seinen Platz einnehmen würde. Sie hatte begriffen, dass es für ihn schlimmer war, die Nummer zwei zu sein, als gleich zu Beginn der Auswahl auf einem der letzten Plätze zu landen. Die ständige Nähe zu dem, der diese Welt verlassen durfte, und die Gewissheit, dass dieser bestimmt war, die Reise anzutreten, hatten ihren Christian krank gemacht. Francis war gesund und würde gesund bleiben, denn wenn der Geist so sehr nach etwas verlangt, wird ihm das Fleisch Gehorsam leisten.

Aber nun war da diese Krankheit. Die Windpocken waren etwas anderes, ein Fieber aus der Welt der Kinder; und diesem verspielten Zwang ist kein Wille, sei er noch so stark, gewachsen, dachte Katharina, und sie überlief wieder ein Schauer bei diesem Gedanken an einen Verrat, an eine Schandtat; und so verwarf sie ihn zunächst und kam zu der zweiten Möglichkeit, die ihr blieb: sie bedachte die Pflicht, ihrem Mann von der Krankheit zu erzählen.

Doch was würde passieren? Würde er sofort zum Hörer greifen und die Sache melden? Wäre es für ihn nicht eine viel gewaltigere Last, und würde die Entscheidung in seinen Händen nicht schwerer wiegen als in den ihren? Sie erschrak bei dem Gedanken, er könne, wie sie, auf die Idee kommen, alles für sich zu behalten und von ihr verlangen, die Party wie geplant zu besuchen. Und dann sah sie wieder, wie sich Francis zu ihrer Tochter hinunterbeugt, sich vor sie hinkniet und fest bei den Händen hält. Konnte sie sich vorstellen, ihr Mann würde so etwas zulassen?

In ihr stieg eine panische Angst auf. Nicht zu wissen, wie er handeln würde, stellte ihr bisheriges gemeinsames Leben auf die unheimlichste Probe. Auch wenn sie davon ausging, dass er ohne Umschweife alle über die Krankheit ihrer Tochter informieren würde, das war der Christian, den sie liebte und geheiratet hatte, machte sich in ihr ein Zweifel breit. Was war, wenn noch jemand Fremdes in ihm steckte, jemand, von dem sie ahnte, dass er da war; denn der Wunsch, obwohl er eine Frau und eine Tochter hat, sich ein Dreivierteljahr in unerreichbare Ferne, in äußerste Gefahr zu begeben, kann nur von diesem Fremden in ihm stammen.

Und dann dachte sie an die dritte Möglichkeit. Sie würde selbst dort anrufen. Sie würde ihrem Christian eine Entscheidung mit solch endgültiger Konsequenz ersparen. Sie würde allen Spekulationen ein Ende bereiten und die Sache kurz und bündig abschließen.

Aber schon spürte sie die fade Entmündigung, die darin lag. Wäre das nicht ein größerer Verrat, ein Verrat an ihm? Wäre das nicht eine nie wieder gutzumachende Treulosigkeit, ein Mangel an elementarem Vertrauen? Und dann stellte sich ihr noch eine viel brennendere Frage. Wie sollte sie jemals erfahren, wie er sich entschieden hätte? Sie würde immer mit dem Gedanken leben, er hätte vielleicht anders gehandelt, für sich selbst und seine Ziele. Nicht in die Augen schauen könnte sie ihm mit einer solchen Gewissheit, deren dunkler Verdacht sie vielleicht für immer verfolgen würde.

Sie spürte wieder den Schlamm, in dem sie knöcheltief zu waten schien, und sie erinnerte sich daran, dass sie dieses Gefühl schon während des Gespräches mit dem Doktor gehabt hatte; und dann wusste sie, was es war. Zuerst hatte sie gedacht, es wäre die Schuld, die ihr zusetzte, solch schlechte Gedanken zu haben, aber das war es nicht, nein, dieses Gefühl kannte sie von früher. Als Christian von seiner Bewerbung für das Astronautenprogramm erzählte, hatte sie es zum ersten Mal gehabt. Da saß sie ihm gegenüber am Küchentisch und fühlte, was sie jetzt wieder tief empfand. Ihre Angst war eine ganz fundamentale, die Angst, allein zu sein.

Der Gedanke daran lähmte sie. Die ganze Zeit über, drei lange Jahre der Vorbereitung auf den Flug ins All hatte sie sich vorgemacht, dass ihr Mann ja nur die Nummer zwei ist und es unwahrscheinlich sei, dass er einspringen müsse. Sie hatte drei Jahre verdrängt, dass die Möglichkeit seines Einsatzes zu jeder Zeit bestand. Eine tiefe Erschöpfung breitete sich in ihr aus. Wie konnte ihr Mann nur so etwas tun, sie und ihre Tochter verlassen, und keine Aufgabe und schon gar keine innere Berufung schien ihr Bedeutung genug, um dies zu rechtfertigen. Wie konnte er nur so etwas tun?

Katharina fiel auf, dass sie die Stadt schon weit hinter sich gelassen hatte. Sie lenkte den Wagen in eine Parkbucht, stoppte und stieg aus. Sie wollte drei Schritte in den Wald hineingehen, doch der Zaun trennte sie und den Wald voneinander. Und so lief sie nur an ihm entlang zurück zur blitzenden Autobahn.

Sie hatte Angst, dass ihr Christian nie wieder kommen könnte, Angst, dass er ein anderer Mensch werden würde nach solch einer Erfahrung. Erst jetzt begriff sie, was sie die ganze Zeit beschäftigt hatte, nicht ihr Mann, nicht die Sorge um ihren Christian war der Grund, nein, sie war ausschließlich mit sich selbst und der Bedeutung für ihr eigenes Leben beschäftigt. Sie fühlte den Eigennutz, den eine pflichtbewusste Meldung der Krankheit mit sich bringen würde. Sie würde ihren Christian bei sich behalten, ihn nicht weglassen, ihn dazu verurteilen, bei ihr und mit ihr auf der Erde zu bleiben, bis dass der Tod sie scheide. Ja, diesen Gedanken hatte sie, und sie fühlte sich einsam, mit einem Mann, den es so weit von ihr fortzog. Sie betrachtete sich selbst als das Zentrum seines Lebens und begriff, dass er sich nichts sehnlicher wünschte, als dieses zu verlassen.

Katharina hörte, wie ihre Tochter nach ihr rief. Sie wischte sich die Tränen aus dem Gesicht, lief zurück zum Wagen und fuhr nach Hause.

Sie war ruhig, als sie das Wohnzimmer betrat, denn sie hatte ihren Entschluss gefasst. Im Zimmer war es dunkel. Die Vorhänge waren halb zugezogen, und Christian saß in seinem Sessel vor dem Kamin, in dem kein Feuer brannte.

Katharina ging auf ihn zu und setzte sich neben ihn auf die Lehne des Sofas. Sie schaute sich ihren Christian an, wie er nach vorn gebeugt dasaß, die Arme auf den Knien und den Blick in die kalte Asche gerichtet.

Sie musste an Francis denken, der genau in diesem Sessel seinen Wein getrunken und gelacht hatte.

»Hast du schon gegessen?«, fragte sie ihn.

»Nein«, sagte er, ohne sich nach ihr umzusehen. »Ich wollte auf euch warten. Wie war es beim Arzt?«

Die Frage traf Katharina etwas unerwartet, obwohl sie beide ja beschlossen hatten, dass es besser wäre, ihre Tochter untersuchen zu lassen. Katharina antwortete schnell und ohne einen Anflug von Unbehagen. »Alles in Ordnung«, sagte sie.

»Das ist schön, ich habe mir nämlich Sorgen gemacht.«

»Musst ja keine Sorge haben. Ist ein Ausschlag, mehr nicht.«

Sie bemerkte, dass mit ihrem Christian etwas nicht stimmte. Er wirkte nachdenklich und erschöpft. Sie griff hinüber zu ihm, fasste seine Schulter und fragte: »Was ist?«

Nach einer langen Pause hörte sie, dass er weinte. Sofort stand sie auf, ging um den Sessel herum und kniete sich vor ihren Mann hin. Sie nahm seine Hände in die ihren und küsste sie. Er blickte starr an ihr vorbei in den Kamin, und sie schaute ängstlich zu ihm auf. Sie konnte eine Träne auf seiner linken Wange sehen und beobachten, wie sie langsam zu seinem Kinn herunterlief. In dieser Träne spiegelte sich die Tür und darin die hell erleuchtete Küche wider, und alles stand in dieser Träne Kopf.

»Er ist die Wissenschaft. Ich bin nur der Gehilfe. Ich werde niemals nach oben kommen«, sagte Christian. »Stell dir vor, was ich heute gemacht habe. Ich bin den ganzen Tag hier drin herumgelaufen und habe nachgedacht. Als sie heute Morgen diesen Ausschlag hatte, da habe ich gedacht, dass es die Windpocken sind. Ich war sicher, dass es nur die Windpocken sein können. Stell dir vor, dass ich daran gedacht habe, ich habe daran gedacht, wenn es die Windpocken sind, niemandem davon zu erzählen«, sagte er. »Ich bin den ganzen Tag im Wohnzimmer auf und ab gelaufen und habe überlegt, was ich tun würde. Das war schrecklich. Ich konnte nicht warten, bis du kommst, ich wollte die Sache gleich aus der Welt schaffen. Ich habe sie angerufen und ihnen gesagt, dass du beim Arzt bist und dass unsere Tochter wahrscheinlich hochansteckend ist. Und jetzt ist sie gesund.«

Christian lachte leise, ein gutmütiges und tränenvolles Lachen, und Katharina sah es, und nun drangen auch ihre Tränen hervor.

»Ich gehöre nicht nach dort oben«, sagte er. »Jeder hat seinen Ort, wo er hingehört, und ich habe das Gefühl, einem Irrtum unterlegen zu sein.« Christian schaute ihr in die Augen, die sich von ihm abgewendet hatten und in denen Tränen standen.

»Du musst nicht weinen«, sagte Christian. »Nicht um mich. Mein Platz wird sich finden. Ich möchte nicht, dass du meinetwegen leidest.«

Und Katharina erwiderte: »Ich weiß gar nicht, ob ich um dich oder um mich selbst weine«, sagte sie. »Ich habe heute den gleichen Kampf geführt wie du. Nur bin ich mir sicher, ihn verloren zu haben. Du hattest Recht, es sind die Windpocken.«

Christian brauchte eine Weile, bis er begriffen hatte, was ihre Worte bedeuteten. Katharina richtete nun ihren Blick entschlossen auf ihn, und beide Blicke trafen sich und ergriffen einander und ließen nicht los, während sie noch sprach und lange darüber hinaus: »Ich weiß nicht, ob ich ein schwacher oder ein starker Mensch bin, und heute lag das alles so nah beieinander. Du bist auf jeden Fall der Beste, den ich kenne, und ich hoffe, es macht dir nichts aus, mit jemandem wie mir zusammen zu sein.«

DAS KROKODIL IN DER KAMMER

Matthes, einer meiner Stammkunden, kam mittags zur Kneipentür rein. Er stürmte gleich auf die Bar zu, hinter der ich stand und Gläser wusch. Normalerweise kam er erst gegen vier oder fünf.

»Willst du mal was sehn?«, fragte er, und alle anderen in der Kneipe konnten das mithören. Ich fragte natürlich, was es zu sehen gäbe, und er sagte, ich solle ihm erst noch eins zapfen, dann würde er rausrücken mit der Sprache. Ich zapfte ihm eins.

Er trank einen Schluck. Dann beugte er sich über die Bar, und sagte mit gedämpfter Stimme: »Ein Krokodil. Willst du 'n Krokodil sehn?«

Ich wusste, dass er für den Tierpark arbeitete und sagte wenig begeistert: »Soll ich jetzt mit in deinen Zoo kommen?«

»Nein«, sagte er, »musst nur kurz mit raus.«

Da hab ich mein Bier vom Tropfbecken genommen und bin mit rausgegangen, und tatsächlich, der Matthes hatte ein Krokodil dabei. Vor der Kneipe stand ein Lieferwagen mit der Aufschrift: ›Komm und sieh! Zoo Halle/Saale‹. Er zog die Seitentür auf und schob mich hinein. Dann kletterte er mir nach, und mit einem Schwung zog er hinter uns die Tür wieder zu. Es war stockfinster. Die Luft war stickig und schwül. Er knipste eine kleine Lampe an der Decke an. Auf dem Boden stand eine große längliche Kiste aus schwarzem Plastik. Sie sah aus wie ein Sarg, aber mit kleinen runden Löchern an den Seiten. Matthes machte sich daran, den Deckel zu öffnen.

»Hey, halt mal!«, sagte ich.

»Aha, Schiss in der Hose, was?« Er hob den Deckel ab und stellte ihn gegen die Seitenwand des Transporters. »Ist doch ordentlich verpackt, der Gute.«

Ich sah den Käfig und darin das Krokodil. Es schien überhaupt nicht echt zu sein, weil es sich nicht bewegte, wie ausgestopft lag es da. Der harte Schuppenpanzer glänzte im spärlichen Licht. Das Maul stand offen, und man konnte Dutzende von spitzen Zähnen sehen. Die Augen waren schwarz mit einem schmalen senkrechten Schlitz, und sie gafften ins Leere. Ein hässliches Vieh, dachte ich. Es war nicht so groß, wie ich es mir vorgestellt hatte. Ich war schon seit Ewigkeiten nicht mehr im Tierpark gewesen. Das letzte Mal mit den Kindern vor, na, zwanzig oder fünfundzwanzig Jahren.

»Ist das im Zoo geboren?«, fragte ich Matthes.

»Oh du, das weiß ich nicht. Ich fahr' die Dinger nur. Wieso?«

»Ach, schon gut, ich wollte nur wissen, ob es irgendwann draußen in der Welt rumgeschwommen ist, vielleicht in China oder so.«

»Was macht das für einen Unterschied?«

Mit Matthes konnte man über so etwas nicht reden. Mit ihm konnte man Doppelkopf spielen, das ja, aber nicht reden.

»Ich weiß nicht, wahrscheinlich keinen«, sagte ich, setzte

mich auf den Radkasten und stellte mein Bier auf den Deckel der Kiste.

Ich hatte den Zoo nie gemocht. Meistens ist meine Frau mit den Kindern hingegangen. Für mich waren Tiere im Zoo immer unecht, irgendwie nachgemacht. Als wären sie nicht lebendig. Vielleicht weil sie kein richtiges Leben hatten.

Matthes zeigte auf das Krokodil. »Na, fass mal an«, sagte er.

»Ich fass' das nicht an.«

»Ist ganz ungefährlich, kannst hier durchgreifen.« Er bückte sich und zeigte mir eine Stelle oben auf dem Käfig. »Hier, kannst es anfassen. Beißt nicht.« Er lachte. Dann schob er seine Hand zwischen den Stäben hindurch und stieß mit der Faust gegen den Rückenpanzer des Reptils. Es bewegte sich nicht. »Das macht nichts. Die machen überhaupt nie was. Langweilige Viecher.«

Matthes setzte sich auf den anderen Radkasten gegenüber. Und nun saßen wir da, tranken unser Bier, und vor uns lag ein Krokodil.

»Verrückte Sache«, sagte ich.

»Haste schon gehört, der Olle Pullover hatte 'ne Alte. Und keiner wusste was. Und jetzt ist sie tot.«

»Was?«

»Der Olle hatte 'ne Frau.«

»Wie: 'ne Frau?«

»Ist letzte Woche gestorben. Hat mir Hanno erzählt. Ach, weißt du überhaupt, dass Hanno wieder zum Doppelkopf kommt? Hat sich endlich eingekriegt. Wird den Umsatz wieder verdreifachen!« Er lachte, beugte sich nach vorn und stieß dem Tier wieder mit der Faust in die Seite; und während er weiter vom Doppelkopf mit Hanno erzählte, war ich mit meinen Gedanken noch bei dieser Frau. Ich war überrascht. Ich hätte schwören können, dass der Olle allein lebt, und nun sollte ich mich so geirrt haben. Das kommt nämlich selten vor. Denn ich kenne die Leute, ohne dass mir einer sagen muss, was sie so machen oder wie es ihnen geht. Es ist wie ein Quiz, dass ich mit mir selbst spiele. Wenn einer reinkommt und schlechte Laune hat, schließe ich innerlich Wetten ab, woran es liegen würde. Und so kompliziert ist das Ganze ja auch nicht, es gibt Liebeskummer, Geldsorgen, Todesfälle oder Job verloren. Meistens habe ich Recht.

Aber ausgerechnet in diesem Fall, für den ich die Kneipe und das ganze Haus dazu verwettet hätte, lag ich nun falsch.

Seit Jahren war der Olle Pullover Stammkunde bei mir. Er fiel nicht auf, machte keinen Ärger und redete kaum. Alles, was er sagte, war: »Guten Tag«, und dann setzte er sich vorn an der Tür auf den Barhocker vors Fenster, und dann sagte er noch: »Ein Bier bitte.« Seit vier Jahren sagte er: »Ein Bier bitte«, und dann sagte er nichts mehr. Er hätte auch: »Wie immer«, oder: »Wie gehabt«, oder: »Wie gestern« sagen können, nein, immer höflich und als würde er mich nicht kennen: »Ein Bier bitte.« Eine Zeit lang wollte ich ihn herauslocken und bin ihm zuvorgekommen und habe gefragt: »Und, wie immer?« oder: »Wie gehabt?« Doch darauf antwortete er ohne zu lächeln und auf immer gleiche Weise: »Ja, ein Bier bitte.«

Ich dachte lange, er wäre dumm oder verrückt. Er saß die ganzen vier Jahre stumm da, immer um zwei, wenn niemand sonst in der Kneipe ist, und die meiste Zeit stand ich genauso stumm da, hinter der Bar und schaute an ihm vorbei nach draußen. Er schwieg, wenn er kam, denn er kam, um zu schweigen. Es hatte mich nicht interessiert, was er macht, denn ich wusste, dass es etwas Langweiliges ist, und ich wusste auch, dass sein Leben langweilig ist. Die langweiligen Menschen sollten schweigen wie er.

Irgendwann hatte er dann auch seinen Spitznamen weg, der Olle Pullover, und er hatte ihn wegen seiner Klamotten von uns bekommen. Er hatte immer denselben Pullover an. Ich glaube nicht, dass es immer derselbe war, sondern eher der gleiche, aber schon das war seltsam genug. Dieser Pullover war so ein Strickpullover, und er hatte dunkelblaue, gekreuzte Streifen. Ich hatte die Unterschiede seiner gleichen Pullover irgendwann bemerkt. Es gab einen, der war etwas aus der Form gegangen, abgetragen, die Farben verblasst. Dann gab es einen mit einem Fleck unterhalb des Kragens. Ein anderer hatte eine Laufmasche am Ärmel, den hatte er nicht oft an. Dann trug er den mit dem Fleck nicht mehr, und stattdessen tauchte einer auf, der wie frisch gekauft aussah. Ich war mir sicher, dass er mindestens fünf gleiche Pullover hatte, so als hätte er ein Lager zu Hause. Ich stellte mir vor, dass er sie alle an einem Tag gekauft hatte; und wenn er wieder einen neuen anhatte, stellte ich mir vor, dass es vielleicht sogar zehn oder zwanzig von ihnen gäbe. In meinem Kopf gingen die absurdesten Sachen vor. Dass er einmal in einem Pullover-Fachgeschäft gearbeitet und eines Tages eine ganze Wagenladung billig erstanden hatte. Ich stellte mir seine Wohnung und den Raum vor, in dem er sie alle, ordentlich in Regale geräumt, lagern würde.

Ich hätte ihn wirklich gern gefragt, was das sollte mit diesen Pullovern, aber man kann einen Mann, der schweigen will, nicht fragen: »Hey, wieso hast du zehn absolut gleiche Pullover zu Hause?« Das kann man eben nicht. Ja, und jetzt stellt sich heraus, dass er 'ne Frau hatte.

»Was ist denn mit der Frau des Ollen passiert?«, fragte ich Matthes in seine Geschichten über Hanno hinein. Der wusste nicht gleich, was ich meinte, und dann sagte er: »Ja, ist 'ne traurige Geschichte. Eigentlich hatte er die letzten zehn Jahre eher keine Frau. Zumindest keine, die rumläuft und die Bude sauber hält.«

Ich mochte Matthes nicht, wenn er so sprach. Aber wie das eben so ist mit den Gästen, man kann sie sich nicht aussuchen. Und wenn sie keinen K. o. schlagen, kann man sie auch nicht loswerden.

»Werd mal deutlich«, sagte ich.

»Na, die hat vor zehn Jahren einen Schlag gekriegt oder sowas und lag seitdem nur noch rum. So ein Gehirnschlag.«

»Wo lag sie rum, im Krankenhaus?«

»Nee, bei ihm zu Hause.«

»Sie lag zehn Jahre bei ihm zu Hause?«

»Ja, es gibt nun mal Leute, die liegen irgendwo zehn Jahre rum. Ist 'ne blöde Sache, aber er hätte sie ja auch weggeben können. Hätte bestimmt jeder verstanden.«

»Er hat nie von ihr erzählt.«

»Ja, der Olle ist ein komischer Kerl.«

Ich beobachtete das Krokodil. Es lag reglos da und hatte das Maul ein Stück offen. Eine Fliege hüpfte zwischen seinen Zähnen herum.

»Das ist 'ne verrückte Sache«, sagte ich.

Matthes trank die Pfütze von seinem Bier aus und stand auf.

»Ja, das ist 'ne verrückte Sache.« Er streckte sich, klopfte gegen die Wand des Transporters und sagte: »So, jetzt geht's weiter. Nimm mal dein Bier hoch.« Ich nahm mein Bier vom schwarzen Kunststoffdeckel. Matthes griff ihn, hievte ihn über den Käfig, schnappte ihn an den Seiten zu und richtete sich auf. »Na, das war 'ne Sache, was?«

Wir stiegen aus dem Transporter. Draußen blendete uns die Mittagssonne, und wir blinzelten beide, als wir uns verabschiedeten.

Um sechs schloss ich den Laden ab und stieg die Treppe zu meiner Frau rauf. Das Abendessen stand schon auf dem Küchentisch, und sie saß daneben und löste Sudokus. Ich setzte mich und fing an zu essen. Wir aßen selten zusammen. Wenn ich die Doppelschicht machte und deswegen schon um sechs Uhr raufkam, hatte sie noch keinen Hunger.

»Und, wie läuft's?«, fragte sie und blickte von ihrer Zeitung auf.

»Die üblichen Verdächtigen.«

»Ich mach' nur noch kurz zu Ende.«

Ich nahm mir ein Brot und schmierte etwas Butter und Wurst drauf. Sie legte ihre Zeitung beiseite. Es beruhigte mich, wenn ich abends raufkam und sie sich neben mich setzte und mir beim Essen zusah.

»Matthes war da«, sagte ich und biss in die Schnitte.

Meine Frau stand auf, ging rüber zum Kühlschrank und holte ein Glas Gewürzgurken heraus.

»Du glaubst nicht, was er mir gezeigt hat, also draußen, im Transporter.«

Sie drehte das Glas prüfend in den Händen.

»Oh, da muss ich neue holen«, sagte sie.

Sie kam zurück zum Tisch, stellte das Glas ab und setzte sich neben mich. »Ich mag diesen Kerl nicht«, sagte sie, fischte mit der Gabel eine Gurke heraus und legte sie auf meinen Teller.

»Ach, so übel ist er nicht. Willst du jetzt wissen, was er in seinem Transporter hatte?«

»Wenn sich's nicht vermeiden lässt.«

»Ein Krokodil!«, sagte ich übertrieben deutlich.

»Was macht er denn mit einem Krokodil in seinem Transporter?«

»Na, er hat doch diese Stelle da im Zoo.«

»Weiß ich doch nicht. Ach so, und jetzt fährt er Krokodile spazieren.«

Meine Frau war schon immer schlagfertig. Das mag ich an ihr, außer, wenn wir uns in den Haaren haben.

»Ich hab' es gesehen. Ich hätte es anfassen können«, sagte ich.

»Das arme Tier. Wo wollte er denn hin damit?«

»Keine Ahnung, wahrscheinlich in den Zoo.«

Ich trank einen Schluck Selters. Es ärgerte mich ein wenig, dass sie das mit dem Krokodil gar nicht interessierte. Ich aß ein Stück Gurke, und meine Frau sah mir dabei zu.

»Weißt du, was komisch ist? Ich hab' doch diesen Stammkunden, der immer kommt und nie was sagt, der Olle Pullover. Hab' ich dir nicht schon von ihm erzählt?«

»Ja, sicher.«

»Na ja, über ihn gibt's auch nicht viel zu erzählen, aber da erfahr' ich vom Matthes, dass er eine Frau gehabt hat.«

»Soll vorkommen«, sagte sie. Sie schaute mir immer noch zu, und jetzt lächelte sie.

»Ja, aber seine Frau lag seit zehn Jahren bewegungslos im Bett. Er musste sie füttern und alles.«

Ihr Lächeln verschwand.

»Ich kenne sie. Frau Piecek.«

»Woher kennst du denn diese Frau?«

»Magda kenne ich schon sehr lange. Wohnte gegenüber von uns in der Vogelweide. Wir waren gute Freundinnen. Wir hatten sogar mal denselben Freund.«

Ich hustete.

»Ja, nun erstick mir nicht gleich. Das ist vierzig Jahre her. Da war ich sechzehn.«

Ich konnte nicht glauben, dass wir von derselben Frau sprachen.

»Wir reden doch hier über eine Frau, die zehn Jahre im Schlafzimmer ihres Mannes gelegen hat, oder?«

»Ja, sie wird am Wochenende beerdigt. Ich überlege, ob ich hingehe.«

»Na, das ist ein Ding«, sagte ich. »Ihr Mann saß die letzten Jahre unten bei mir am Tresen, und ich wusste nichts über ihn, schon gar nichts über seine Frau.«

»Er tat mir sehr leid. Ich habe ihn nur ein paar Mal gesehen. Als Magda das passiert ist, habe ich sie die ersten Wochen besucht, aber sie hat niemanden erkannt. Erinnerst du dich nicht mehr? Das musst du doch wissen. Das hab' ich dir erzählt, dass sie sich nicht mehr bewegt hat und mit offenen Augen dalag.«

»Nein. Das muss ja auch Jahre her sein«, sagte ich.

Es fiel mir nicht ein. Meine Frau hat unzählige Freundinnen. Alte Schulfreundinnen, Arbeitskolleginnen, Frauen aus der Nachbarschaft und natürlich ihr Gesangsverein, der einem Männerverein in Punkto Trinkfestigkeit in nichts nachsteht. Manchmal gerate ich in ihre Runde, sitze allein da, wie ein schüchterner Junge zwischen ihnen, und es ist egal, ob ich da bin oder nicht. Sie machen einen sprachlos, die Frauen, wenn sie unter sich sind, sogar mich, den Kneiper, machen sie sprachlos. Und meine Frau mittendrin. Und gesungen wird hauptsächlich auf dem Heimweg. Erst jetzt fiel mir auf, dass ihre Freundinnen echte Freundinnen und wirkliche Bekanntschaften waren. Ich hatte keinen einzigen Freund, der nicht auch Kunde bei mir im Laden war.

»Magda war 'ne tolle Frau. Wir waren früher sogar mal zusammen weg, wir drei. Ja, du musst sie kennen. Kurz bevor wir dann beide ...« Sie stieß mit ihrem Fuß gegen meinen und lächelte mich verschmitzt an, und da fiel es mir ein: Magda, ja, natürlich, konnte das denn möglich sein.

»Nein, nie gehört«, sagte ich.

Vierzig Jahre lang gibt es da eine kleine Kammer im eigenen Kopf, und man hat die Tür nie aufgemacht, und dann eines Tages öffnet man sie, schaut hinein und da liegt Magda, zwanzig Jahre jung, auf meinem Sofa, im Haus meiner Eltern, nackt. Ich sage nichts zu meiner Frau, ich bin ganz verstört und froh, dass ich noch esse und deshalb nicht sprechen muss. Es ist nicht der Zufall, über den ich nachdenken muss, sondern dieses Unglück. Es nimmt mich völlig mit, und ich greife die Hand von meiner Frau und sage:

»Ich bin froh, dass du nicht krank bist. Ich bin froh, dass es dir gut geht, dass es uns gut geht. Ich bin dankbar dafür«, sage ich zu ihr, und ich würde sie am liebsten fest an mich drücken und ihr sagen, dass ich sie liebe und niemals ohne sie leben könne. Ich wünsche mir, dass sie das alles weiß, doch sie drückt nur meine Hand und sagt: »Ja, wir haben Glück gehabt.«

Dann klopft sie mit den Fingerknöcheln drei Mal auf den Tisch und fragt mich, ob ich fertig bin, steht auf und räumt die Butter, das flache Brett mit der Wurst und den Käse weg. Sie nimmt meinen Teller, geht damit hinüber zum Becken, spült ihn, trocknet ihn ab und stellt ihn zurück in den Schrank.

BUENOS DIAS, VATER!

Ein Mann, welcher vor zwanzig Jahren gestorben war, lag am Vormittag auf einer Sonnenliege am Strand und las ein Buch. Er sah wie ein Landstreicher aus, doch Peter erkannte ihn sofort.

Dieser Mann hatte sich auf dem Dachboden eines Einfamilienhauses in Ostdeutschland erhängt. Dieser Dachboden befand sich direkt über dem Zimmer, in dem Peter damals wohnte, in dem Peter mit seiner Schwester spielte, während es über ihnen den kippenden und fallenden und aufschlagenden Stuhl gab. Dort oben hing nun dieser Mann an einem Seil, aus einem Material, welches später von der Mutter nicht mehr genau erinnert werden konnte; und der Mann schwang noch zuckend in einer kleinen Acht aus. So hatte es sich Peter lange vorgestellt. Die Mutter konnte sich nicht daran erinnern, wie er ausgesehen hatte, als sie ihn abgenommen und neben den Stuhl gelegt hatten. Die beiden Kinder bekamen den Toten nicht noch einmal zu Gesicht. Sie waren auf seiner Beerdigung gewesen. Sie konnten nicht wissen, wie schwer der Sarg wirklich war und ob tatsächlich ihr Vater darin lag, aber sie waren sich dessen gewiss, denn ihre Mutter hatte geweint, und auch den Verwandten und Freunden war die Trauer anzusehen. Also war ihr Vater tot, also war es geschehen und zu einer nicht umzukehrenden Wirklichkeit geworden.

Auch für Peter wäre dies so geblieben, wenn er nicht eines Tages nach der Schule hinauf in die Kammer gestiegen, sich auf diesen Stuhl gestellt und hinuntergeschaut hätte, auf die Stelle, wo der Vater gelegen haben musste. Es wäre alles so geblieben, wenn er nicht mit seinen Fingern den starken Balken untersucht und gedacht hätte, es müsse eine Kerbe geben im Holz und wenn das nicht, so doch wenigstens Kratzer oder kleine Abschürfungen. Und so hatte Peter oft auf diesem Stuhl gestanden, doch finden konnte er nichts. Dieser Balken schwieg. Mit vierzehn Jahren war er dann mit der sicheren Erkenntnis, dass sein Vater noch leben musste, von dem Stuhl gesprungen, auf die Stelle, wo er nie gelegen haben konnte.

Er hatte seiner Schwester, die bereits in der Stadt lebte, einen Brief geschrieben und eine Lawine von Mitleid, Besorgnis und zuletzt Unverständnis ausgelöst. Seine Mutter konnte ihm lange nicht in die Augen schauen, und seine Schwester fragte ihn von Zeit zu Zeit, ob es ihm gut gehe, und seine Antwort war zwanzig Jahre lang die gleiche gewesen. Bis auf diesen Tag.

Peter stand auf dem weißen Balkon seines Hotels und überlegte, ob er seine Schwester anrufen solle oder nicht. Er zögerte nur aus einem Grund; seine Schwester hatte im Gegensatz zu ihm nie daran gezweifelt, dass ihr Vater tot war, und nun hatte Peter ihn gefunden. Er lag mit ihr darüber schon lange im Streit. Er wusste, dass Paula ihn für besessen hielt, und manchmal tat es ihm weh, dass die Schwester so beharrlich an ihm und seiner Geschichte zweifelte. Peter schaute hinaus aufs Meer und wartete, bis das Schiff am Horizont hinter dem Felsen verschwunden war. Dann rief er an.

Es war still in der Fleischerei. Der Verkäufer stand abwartend hinter der Theke. Peters Schwester rührte sich nicht, das Handy am Ohr, stand sie da und schwieg.

»Was darf es nun sein, junge Frau?«, wiederholte er.

Sie hörte ihn nicht, schaute ihm genau in die Augen und durch sie hindurch. Aus dem Handy drang eine Männerstimme. Dann sagte sie: »Das kann nicht sein.« Zweimal sagte sie es: »Das kann nicht sein. Du weißt das.« Wieder war die Männerstimme zu hören. »Ich kann jetzt nicht«, sagte sie, immer noch die Augen des Verkäufers durchbohrend, »Ich rufe dich zurück«, und legte auf.

Als sie nach Hause kam, griff sie sofort zum Telefon, zog die lange Schnur hinter sich her ins Wohnzimmer und setzte sich auf das kleine grüne Sofa direkt unter dem Fenster. Sie hatte sich nicht ausgezogen. Auf ihrem roten Regenmantel perlten noch die Tropfen ab. Sie schlug ihren Kalender auf und suchte die Nummer seines Hotels. Sie tippte die lange Zahlenreihe ein. Dann nahm sie den Hörer ans Ohr und wartete. Sie starrte in ihre kahle Wohnung. Im Zimmer waren: das Sofa, auf dem sie saß, davor ein flacher runder Glastisch, darauf ein einzelner gelber Kugelschreiber, ein schwarzer Fernseher auf dem Laminat, ein weißes Regal mit wenigen Büchern darin, ein leerer Bilderrahmen, der an der Wand lehnte. Ihr fiel wieder auf, dass sie diese Wohnung nicht mochte, dass sie keine ihrer Wohnungen gemocht hatte. Sie wusste nicht, wie man ein Zimmer einrichtet, es war ihr ein Rätsel. ›Was tut man in so einen Bilderrahmen?‹, dachte sie.

Sie hörte die Stimme ihres Bruders. Paula sagte ohne einen Gruß: »Du weißt, dass das nicht sein kann«, und eine kurze Antwort folgte.

»Wo hast du ihn denn gesehen?«, fragte sie. Es dauerte eine Weile, vielleicht drei, vier Sätze von ihm, dann sagte sie: »Du irrst dich, wie immer« und »Ja, ja, schon gut«, und nach einem Wort ihres Bruders sagte sie dann: »Ich komme, aber das ist das letzte Mal.« Sie wollte sich schon verabschieden, da stellte sie ihm noch kühl die Frage, die übliche Frage: »Geht es dir ansonsten gut?« Doch diesmal zwei leise Worte von ihm. Sie zögerte und überlegte, ob sie etwas sagen solle, doch sie erwiderte nichts, verabschiedete sich und legte auf.

Zwei Tage später, die Sterne standen fest im Nachthimmel, überflog Paula das Meer und landete auf der Insel. Peter erwartete sie hinter der Absperrung. Er ging ihr lächelnd entgegen, so als wäre nichts passiert, und sie war innerlich wütend, als er sie unbeschwert umarmte.

Während der Fahrt sprach er unentwegt über den Sturm, der angekündigt und für diese Jahreszeit ungewöhnlich sei und der von Osten her kommen und Wüstensand mitbringen würde. Er sprach davon, dass es in den nächsten Tagen schlimm werden, der Himmel sich verdunkeln und der Sand unter den Hotelzimmertüren zu ihnen hineingeweht würde. Paula folgte ihm nur halb, ließ ihm diese Geschichte und wartete auf die Ankunft im Hotel, auf die Bar, in der sie sitzen würden und in der sie dann erfahren würde, ob ihr Bruder nun endgültig verrückt geworden ist, denn eines stand für sie fest, hatte schon immer festgestanden: Vater war tot. Sie war es leid, diese Tatsache immer aufs Neue von ihrem eigenen Bruder bezweifelt zu wissen. Sie war es leid, dass es jemanden in der Welt gab, der mit starker, ja, fast gewalttätiger Überzeugung genau das Gegenteil behauptete: Vater lebt.

Selbst in seinem Job, er schrieb Artikel für Hotelreiseführer und war das ganze Jahr über von einer Küste zur anderen unterwegs, sah sie nur das Instrument für seine beharrliche Suche nach dem Vater.

Sie hatte ihn immer gefragt, wieso das alles, wieso sollten sie alle lügen und so eine furchtbare Geschichte erfinden, und irgendwann kam er dann mit Erklärungen, die mit Geheimdiensten und dem kalten Krieg zu tun hatten; und als sie ihn einmal besuchte, fand sie ein ganzes Regal voll von Büchern und Artikeln über Spionage und Agenten, die abgetaucht waren und tot für ihre Verwandten und Bekannten. Das Schweigen der Mutter schien ihm noch Recht zu geben. Seine Recherchen standen angeblich immer kurz vor dem Durchbruch, jetzt, wo die Mauer weg war und alles ans Tageslicht kommen würde, wäre es nur eine Frage der Zeit. Und immer rief er sie an, wenn es Neuigkeiten gab, wenn er einen Schritt weiter war. Sie jedoch hatte es satt und wollte nichts davon wissen; und während sich draußen die Straße an der Küste entlangschlängelte und ihr Bruder nicht aufhörte, von dem Sturm zu sprechen, fasste sie den festen Entschluss, dass sie nie wieder auf seine Geschichten hereinfallen würde.

Sie setzten sich auf die Terrasse des Hotels, schauten hinaus in die Dunkelheit und schwiegen. Nur das Schlagen der Brandung gegen die Felsen war zu hören. Sehen konnte man das

Meer nicht. Es war windstill, und das Licht der Kerze ragte spitz nach oben. Peter fiel das auf, und er stellte sich vor, wie sich die dunklen afrikanischen Gewässer durch den dort schon wütenden Orkan gewaltig gegeneinander drehten und schwere Berge aufwarfen, deren Gipfel zerschlagen und zu schlohweißer Gischt aufgepeitscht wurden. Und die ersten Vorboten dieses gewaltigen Schauspiels donnerten schon zu seinen Füßen gegen die Mauern der Insel. Seine Schwester bemerkte von all dem nichts, sie konnte nicht hören, was er hörte, denn sie fühlte nicht, was er fühlte. Sie saß vor einem Fremden. Sie ahnte, dass er sich zu weit von der Welt entfernt und dass er nun außerhalb von ihr gesucht hatte und natürlich auch etwas finden musste.

Paula hatte ihr Glas Wein schon halb ausgetrunken, als sie sich zu ihm drehte und sagte: »Ich kann nicht mehr. Du musst es mir jetzt erzählen. Fang endlich an.«

Peter schaute in die Finsternis. Sie konnte in seiner fahl beleuchteten Gesichtshälfte sehen, wie er zurückruderte von irgendwo weit draußen, von hoher See vielleicht. Erst jetzt fiel ihr auf, wie dünn er geworden war. Sein schmales Gesicht war in nervöser Bewegung, denn er kaute, ohne dass er es bemerkte, auf irgendetwas herum, und dann wandte er sich zu ihr, und sie hielt erschrocken ihre Hand vor den Mund und war entsetzt, denn sein Blick war der eines Verrückten. Dann begann er zu sprechen.

»Also gut. Er ist hier. Er ist wirklich hier. Er war am Strand, ich hab' es dir ja erzählt. Er hat in einem Buch gelesen. Ich habe ihn sofort erkannt. Er ist es. Das Buch ist mir gleich aufgefallen, der Schutzumschlag war eingerissen, und es stand groß ›Die

Elenden‹ darauf. Das würde er lesen, genau das. Er ist es. Ich bin mir absolut sicher.« Er suchte in ihren Augen, ob sie ihm glaubte, doch er fand nur die alte kühle Abwehr, den klaren Zweifel darin, und sie erwiderte kurz und zornig:

»Das ist Quatsch. Du kannst ihn ja nicht finden. Wir waren Kinder. Ich würde ihn nicht erkennen, wenn er hier am Tisch sitzen würde, er wäre irgendein alter Mann für mich. Ich weiß absolut nicht mehr, wie er aussieht, also woher willst du das wissen? Und das Schlimmste ist doch, dass er tot ist. Ich weiß nicht, wie oft ich es dir schon gesagt habe, er ist tot.«

Peter lächelte und sie, sie ekelte sich vor ihm.

»Du wirst ihn erkennen. Das wirst du. Er ist unser Vater. Man erkennt seinen Vater, wenn er vor einem steht. Du wirst ihm die Hand geben, und er wird sie nehmen, und du wirst ihn erkennen.«

Ihre Stirn zog sich zusammen, und ihr Mund wurde ganz schief, wie kurz vor einem Angriff, doch er redete weiter, immer weiter von ihrem Vater, wie er sich mit Sonnenöl eingecremt, wie er aus einer Büchse deutsches Bier getrunken hatte und dass er aussah wie ein Pennbruder, ungepflegt, die Haare verfilzt und zwei Zähne schlecht. Er sprach davon, wie er ihn drei Tage beobachtet hatte. Er war ihm zu seiner Behausung gefolgt, denn mehr als das wäre es nicht, einer Höhle unten an den Klippen. Er hatte ein Feuer gehabt dort in diesem Felsen, und Peter hatte beobachtet, wie er einen selbstgefangenen Fisch gesalzen, ihm die Gräten herausgerissen und ihn dann über dem Feuer gebraten hatte. Das alles hatte er, Peter, von draußen, dem Eingang der Höhle beobachtet, und sie solle sich doch nicht die Ohren zuhalten, sie könne das lassen, er hat ihren Vater gefunden; auch wenn er ihn nicht gesucht hatte, hatte er doch immer gewusst, dass der Vater am Leben sei, und sie könne das auch diesmal wieder bestreiten und mit dem Kopf schütteln und nicht zuhören wollen, aber diesmal ist es anders, dieses Mal hat er endlich den Beweis.

Dann konnte sie nicht mehr. Sie schrie:

»Ruhe! Hör auf damit! Kannst du nicht endlich still sein! Lass mich in Ruhe mit deinen Geschichten! Es wird immer schlimmer mit dir. Du kannst einfach nicht aufhören. Wieso? Wieso nicht? Und du hast ihn gesucht. Erzähl mir nicht, dass du ihn nicht gesucht hättest. Seit zwanzig Jahren suchst du ihn. Er ist ein Hirngespinst. Ein Gespinst, verstehst du!«

Und Peter erwiderte, während sie noch schrie, als hätte er sie nicht gehört, erwiderte er ganz ruhig und fest: »Hör zu, ich habe mit ihm gesprochen, gestern. Gestern habe ich ihn angesprochen. Er wird sich mit uns treffen. Hörst du!«

Das hatte er gesagt, und er hatte es ganz ernst gesagt und überhaupt nicht wie ein Verrückter, und sie hatte das bemerkt, denn dann verstummte sie und schaute ihn verstört an.

»Wir werden ihn morgen treffen«, sagte er und legte sanft seine Hand auf die ihre. »Er hat es nicht abgestritten. Er hat mich angeschaut und gesagt, dass er uns treffen würde. Morgen.«

Sie saß da und konnte sich nicht bewegen, schaute ihrem Bruder in die wachen Augen, und ein Schauer überlief sie, und ihr wurde bewusst, dass ihr Bruder nicht der Schrecken war. Nein, der Schrecken saß in ihr, seit zwanzig Jahren und drängte nun mit Macht hervor.

Sie gingen hinauf in sein Hotelzimmer und zu Bett. Sie lagen lange nebeneinander wach und sprachen kein Wort. Draußen waren noch zwei knatternde Mopeds und eine helle Mädchenstimme zu hören und dann nur noch das stündliche Schlagen einer müden Glocke. Der Schatten der Lampe an der Decke hatte die Form eines Affen, dachte sie, und Peter sah das Kreuz über ihrem Bett mit einem Jesus daran, der erschöpft und benommen auf sie beide hinabblickte.

Paula wachte auf. Sie wusste nicht, wo sie war. Es lag eine rötliche Dunkelheit im Zimmer, und die Wände schienen in einem anhaltenden Dröhnen zu vibrieren. Dann erinnerte sie sich, der Sturm war da und mit ihm der Sand, wie ihr Bruder es vorausgesagt hatte. Sie stand auf, ging barfuß, nur mit ihrem langen weißen Unterhemd bekleidet, hinüber zum Fenster und blickte nach draußen.

›Eine Wüstenstadt‹, dachte sie. ›Ich bin in einer Wüstenstadt gefangen.‹

Ihr Zimmer lag zur Straße hinaus, und sie konnte über die Häuser blicken. Wie wild mit dem Pinsel hingeworfen verschmolzen die Dächer mit dem Sand, der über ihnen kreiste und in Wirbeln hinabfuhr in die Gassen und wieder herausgejagt kam. Die Fensterläden am Haus klapperten, als wollten sie davonfliegen. Die Autos unten waren schon eingeschneit, von rotem Sand bedeckt, und kleine Dünen mäanderten über den Bürgersteig. Ein Mann stemmte sich gegen den Wind, den Hut mit einer Hand festhaltend kämpfte er sich unter ihrem Fenster entlang zur Kirche hinauf, deren Glocke im Turm pendelte und unregelmäßig und dumpf schlug. Die Olivenbäume auf der gegenüberliegenden Terrasse waren umgefallen, und zwei Tauben saßen zusammengekauert, wie alte Frauen unter ihren

Tüchern, in einer Fensternische. Wo war sie nur hingeraten? Was wollte sie hier? Glaubte sie wirklich, ihren Vater zu treffen? Was würde sie diesem Mann sagen? Würde sie sagen: ›Du bist mein Vater, ja, du bist es‹? Nein, dachte sie, er sitzt jetzt in seiner Höhle und spricht mit sich selbst in wirren Sätzen. Dieser Mann ist Gott weiß wer, aber nicht mein Vater. Sie erschrak bei dem Gedanken, dass der Landstreicher gar nicht existiere und ihr Bruder irr sei, fern von jeder Heilung, und dann bemerkte sie ihn, wie er hinter ihr stand und sie beobachtete.

Peter hatte sie schon eine ganze Weile angesehen, und nun fasste er ihr vorsichtig auf die Schulter, wie um Verzeihung bittend. Es tat ihm leid, sie da hineingezogen, sie all die Jahre mit seiner Gewissheit gequält zu haben. Er war ihr dankbar, dass sie bei ihm war, dass sie immer gekommen war, wenn er um Hilfe gerufen hatte.

Er stand hinter ihr, und sie spürte die Einsamkeit und die Angst in ihm. Mit einem Mal wusste sie um seine Furcht vor diesem endgültigen Tag, und sie drehte sich zu ihm um und nahm ihn in die Arme. Er schaute an ihr vorbei, hinaus in die düstere Stadt und empfand das unerbittliche Unrecht mit aller Kraft auf ihnen liegend und sie beide niederdrückend; und sie ließen sich an dem Fenster hinab und drängten sich unter ihm zusammen wie die beiden Tauben draußen.

Sein Kopf lag auf ihrer Schulter, und er weinte leise. Sie versuchte, ihn zu beruhigen, doch es schmerzte sie ihre eigene Gleichgültigkeit, während all der Jahre seiner Vereinsamung. Ihr liefen stumm die Tränen und sie dachte: ›Armer Peter, hängst an einem Toten, zwanzig Jahre lang und bis ans Ende, wie ich.‹

Sie konnten nicht auf der Terrasse frühstücken und saßen drinnen direkt am Fenster an einem Tisch aus Plastik, und wieder konnten sie das Meer nicht sehen, denn da war nur rotes Gestöber vor dem Haus. Sie schwiegen, aßen ihr weißes Brot und tranken den Kaffee nicht. Dann stiegen sie wieder in ihre Kammer hinauf. Sie mussten nicht auf die Uhr sehen, sie ging in ihnen fort. Sie saßen auf dem Bett und ertrugen nur mit Mühe die Aussicht auf die heimgesuchte Stadt.

Dann war es soweit. Paula ging in das schmale Bad und wusch sich ihr Gesicht, während Peter sich ein frisches Hemd anzog. Es war blau, strahlend blau und schien zu leuchten in dem orangenen Zimmer. Sie standen bereit zum Gehen und schauten sich noch einmal gegenseitig an. Ein Geschwisterpaar, und es war ihnen wohl zuvor nie aufgefallen, wie sehr sie sich ähnelten, und dann gingen sie beide hinaus in den Sturm.

Es war Punkt elf, als sie das Bistro betraten. Sie klopften sich den Sand aus den Kleidern, schlossen die niedrige Tür hinter sich und standen im Dunkeln. Der Strom war ausgefallen und die Fensterläden zugezogen. Auf den wenigen Tischen standen Kerzen und flackerten kurz vorm Erlöschen. Das Café war leer. Nicht einmal der Wirt war da. Sie setzten sich an einen Tisch in der hintersten Ecke und warteten. Sie hörten das Rütteln der Holzverschläge, und über ihnen auf dem Dach kreischte ab und zu etwas metallisch auf, als hätte das Haus ein rostiges Segel.

Die beiden Geschwister starrten auf die Tür. Es wunderte sie nicht, dass kein Wirt kam, um eine Bestellung aufzunehmen. Sie waren nur auf diesen Punkt im Raum fixiert. Sie sprachen nicht, und dann ging die Tür mit einem Schlag auf. Der Wind hatte sie dem Eintretenden aus der Hand gerissen und gegen die Hauswand geschleudert, sodass der Mann sie nur mit Mühe wieder schließen konnte. Auch er brauchte einen Moment, um sich in dem finsteren Raum zurechtzufinden. Er stand leicht gebeugt, in die Richtung der Geschwister blickend, da und rührte sich nicht. Der Lärm draußen ging ungehindert fort, doch drinnen war es diesen Augenblick lang still geworden, und die Geschwister sahen den alten Mann, und der alte Mann sah sie. Dann ging er auf die beiden zu, erkannte Peter in dem schwachen Licht und setzte sich ihnen gegenüber.

»Höllisches Wetter draußen«, sagte er, und die Geschwister konnten seine schlechten Zähne dabei sehen. Sein grauer Bart war ungepflegt, bestand nur aus vereinzelten Büscheln, und um den Mund herum war er gelb und braun vom Tabak. Seine dunklen Augen spiegelten das Kerzenlicht und schauten unsicher vor sich hin.

Peter stellte ihm seine Schwester vor. Der Alte wusste nicht so recht, ob er sie anschauen sollte oder nicht und entschied sich, in die Schwärze des Raumes zu blicken. Er hatte es sich leichter vorgestellt, sein schlechtes Gewissen plagte ihn und machte es ihm unmöglich, den beiden ins Gesicht zu sehen. Er wusste genau, was sie ihn fragen würden, und er hatte sich schon die Antworten zurechtgelegt, doch als Peter dann seine Stimme erhob und sprach, war sein ganzer Plan dahin.

»Wir sind schon lange auf der Suche nach ...«, Peter überlegte kurz und schaute seine Schwester an, »... nach der Wahrheit, und nun würden wir gern wissen, was passiert ist.«

Der Alte hatte seine schmutzigen Hände nebeneinandergelegt, betrachtete sie und schien zu überlegen, denn seine Augen wanderten hin und her. Die Geschwister hatten sich unter dem Tisch bei den Händen gefasst und drückten sie fest ineinander. Sie schauten dem Alten ins Gesicht und versuchten, in ihm etwas abzulesen, doch bis auf seine Augen rührte sich darin nichts. Er schwieg, und dann hörten auch die Augen auf, sich zu bewegen. Er faltete seine Hände, und still ruhte sein Blick auf ihnen.

Die Geschwister sahen, wie ihm die Tränen kamen, als wäre in ihm ein Damm gebrochen, und dann hörten sie sein Schluchzen, ganz klein unter dem Gewitter, das über ihnen tobte. Immer fester drückten sie die Hand des Anderen, bis es wehtat. Dann sprach er endlich.

»Entschuldigung, ich bin ein Schwein, ein verfluchtes Schwein, das ist ein Irrtum, es ist furchtbar, was ich getan habe. Ich hatte gedacht, ich kann euch ein Lügenmärchen erzählen, aber ich kann es nicht. Entschuldigung. Ich bin nicht der, für den ihr mich haltet. Ich habe einen Sohn, er müsste in eurem Alter sein, er hat nicht mehr mit mir gesprochen. Die Kinder sind undankbar. Ich hatte eine Tankstelle auf dem Land, die ist pleitegegangen wegen dieser verfluchten Autobahn, dann bin ich hierhergefahren, ich wollte das alles hinter mir lassen, und nun komme ich nicht mehr zurück.«

Plötzlich stand das Bild wieder vor Peter, so genau und scharf, wie er es lange nicht gesehen hatte. Er öffnete die Bodenkammer, denn er hatte ein Geräusch gehört, und da hing der Vater unter dem Balken und drehte sich noch, und Peter hörte das Knarren des Strickes, wie es im Schaukeln aus- und einsetzte. Es war ein einfaches Hanfseil, dreifach gespleißt. Und während Peter noch vor seinem toten Vater stand, sprach der Alte weiter.

»Es tut mir leid, dass ich euch das angetan habe, aber ich bin nicht euer Vater. Ich bin das nicht. Ich sitze hier fest. Seit sieben Jahren sitze ich hier fest.« Der Alte weinte nun ohne Scham, und während er weitersprach, wurde auch sein Mund ganz feucht von Tränen. »Ich brauche Geld, nur etwas Geld für den Rückflug. Ich wollte es von euch haben, ich wollte es mir ergaunern mit einer Geschichte, stehlen wollte ich es euch, wenn nötig. Ich bin ein Schwein, ein verdammtes Schwein.«

»Das höre ich mir nicht mehr an«, sagte Peter wütend, stand auf und ließ seine Schwester los. »Ja, du bist ein Schwein, das ist wahr, ein Dreckschwein bist du!«

Der Alte wich Peter aus, machte sich ganz klein und verbarg sein Gesicht in den Armbeugen und seine Stimme klang dumpf darin. »Ja, ja! Sie haben Recht! Ich bin nichts wert, gar nichts! Nicht einmal ein Hund bin ich! Ich bin nicht wert, dass ich lebe!«

Peter schrie weiter auf ihn ein, ohne Paula zu sehen, ohne Paulas Tränen zu sehen. Der Alte und Peter verschwammen vor ihren Augen, und sie, sie befiel eine Liebe zu diesem fremden Mann, der ihr Vater sein könnte. Das schmerzliche Zittern seiner Lippen, sie kannte es, hatte es oft gesehen, an ihrem Bruder, zuletzt an diesem Morgen, oben unter dem Fenster, als sie ihn im Arm hielt. So sagte sie zuerst leise, dann immer lauter werdend:

»Peter, hör auf! Hör auf, Peter! Verstehst du denn nicht! Sei still, versteh doch. Er ist es. Er ist es wirklich. Du hast ihn ja gefunden. Er sitzt vor dir. Unser Vater sitzt da.«

Ihr Bruder ließ von dem Alten ab und schaute sie entsetzt an. »Was redest du? Wovon sprichst du? Der Kerl ist ein Schwein!«

Doch sie nahm Peters Arm, den er erhoben hatte und zog ihn sanft nach unten.

»Er hat uns wehgetan, verstehst du denn nicht! Er ist ein Lügner! Er hat das erfunden. Aber er ist unser Vater. Du hattest recht.«

Der Alte riss seinen Kopf nach oben, schaute Paula an, und sie sagte ihm leise und mit ruhiger Stimme direkt ins Gesicht: »Wir werden ihm das Geld geben, und dann sehen wir ihn nie wieder. Aber das Geld, das geben wir ihm, auch wenn er uns betrogen hat.«

Dann schwiegen alle drei und verharrten, wie sie waren.

Der Alte auf der einen Seite des Tisches mit ungläubigem Blick, die Geschwister auf der anderen. Der Bruder neben der Schwester stehend, sein Gesicht ihr zugewandt, halb noch streng und wütend, halb schon befreit. Und sie, ihre gesamte Erscheinung, verstörend, aber Offenbarung und Erlösung.

Sie waren wie eine Skulpturengruppe, an der der Meister noch arbeitet, unfertig, grob aus dunklem Holz gehauen und in die Zeit gestellt, aber ihre Gesichter, schwach beleuchtet, schon alles sagend, schon alles wissend, zwar noch ganz Studie, aber voller Kraft, die in die Zukunft drängt und Neues will.

Niemand, der dies Bild gesehen hätte, hätte bestritten, dass diese drei zusammengehören und einander bedeutend sind.

DIE AMSEL

Die Amsel saß auf der Spitze einer Zaunlatte, als ich mit meinem Luftgewehr auf sie anhielt und abdrückte. Ich war noch ein Kind. Noch nie hatte ich einen Vogel so fallen sehen. Er fiel ins Gras hinter den Zaun, und ich rannte los. Ich rannte durch den heißen Garten, hin zu dem Tier, das ich tot glaubte. Die Amsel lag da, reglos und schaute mich verstört an, und ich hörte beinahe, wie sie sagte: »Junge, ich verstehe das nicht. Erklär mir das bitte. Junge, ich kann das nicht verstehen.«

Ich dachte daran, die Amsel aufzuheben und zum Förster zu bringen, damit er ihr hilft, aber ich traute mich nicht, sie anzufassen. Ich dachte, es kann nur ein kleiner Schmerz sein, in einem solch winzigen Tier. Der Tod des Vogels war so gering, dass ich ihn nicht einmal bemerkte.

Ich lief ins Haus, in die Küche, in der meine Mutter stand und das Mittagessen kochte. Ich weinte nicht. Ich sagte: »Mama, ich habe etwas Schreckliches getan«, und sie wischte ihre Hände am Geschirrtuch ab, schaute mich ernst an und sagte: »Mein Junge, ein Kind in deinem Alter kann nichts Schreckliches tun.«

»Doch«, sagte ich, »ich habe einen Vogel erschossen.« Und in dem Augenblick fing ich zu weinen an.

Meine Mutter beugte sich zu mir hinunter, schloss mich in die Arme und sagte nichts. Erst eine ganze Zeit später, als ich nicht aufhören konnte zu schluchzen, löste sie ihre Umarmung, hielt mich an den Schultern und blickte mich streng an.

»Ich hätte nicht gedacht, dass du so etwas tun könntest.«

»Ich weiß ja nicht, warum ich es getan habe«, presste ich hervor.

»Aber ich weiß es«, sagte meine Mutter. »Weil du ein Junge bist. Jungen tun so etwas. Ich weiß nicht einmal, ob du dich dessen schämen solltest. Es ist geschehen, und nichts lässt sich mehr daran ändern.«

Ich schluchzte nur noch heftiger, und meine Mutter hielt mich noch lange im Arm.

Am anderen Tag ging ich wieder zu der Stelle. Die Amsel lag noch da, wie ich sie verlassen hatte, mit starrem Blick, die Beinchen in die Luft gestreckt, als wolle sie sich gegen meinen Angriff wehren.

Von nun an ging ich jeden Tag in unseren Garten, und ich bemerkte die kleinen Veränderung an dem Tier. Seine Augen wurden trüber, das Gefieder verlor den Glanz, wurde stumpf und grau. Das Bäuchlein fiel zusammen. Und zunehmend von Tag zu Tag begriff ich, was der Tod eigentlich war, und umso schrecklicher erschien mir meine Tat. Noch hoffte ich, die Katze würde den Vogel holen, aber sie ließ ihn liegen. Ich beobachtete sie einmal dabei, wie sie an ihm roch, ihn kurz mit der Pfote betastete und wieder fortschlich.

Der Herbst kam. Eines Tages bedeckte ein Blatt den kleinen Körper. Aber schon am anderen Morgen war es fortgeflogen. Ich hatte inzwischen den Tod und meine Beteiligung daran vergessen. Ich schaute neugierig und ohne Gewissensbisse nach dem Vogel. Der erste Wintertag überzog ihn mit weißem Raureif, und die Kälte knackte seine Knöchelchen. Die Wärme des Frühlings weichte den Leichnam auf, und er schmolz mit dem Eis dahin, versickerte im Boden, und das Gras wuchs aus ihm heraus.

Als mein Großvater im darauffolgenden Sommer starb, ging ich zu ihm ans Bett und wusste, dass er den Weg des Vogels gehen würde, und ich wusste mit einem Mal, dass auch ich irgendwann wie die Amsel sein würde. Über diese Tatsache war ich nicht beunruhigt, sondern vielmehr darüber, dass irgendetwas oder irgendwer mich ganz sicher eines Tages umbringen wird.

KLEINE STADT – ALTE MENSCHEN

Es ist doch seltsam in der kleinen Stadt. Man begegnet Leuten, die man von früher kennt, mit denen man gemeinsam studiert hat oder mit denen man befreundet war, und Frauen, mit denen man irgendwann einmal geschlafen hat. Und alle sind sie grau geworden, und ihre Gesichter sind eingefallen und wollen nur nach Hause gebracht werden, nur nach Hause, um dort abgelegt zu werden, gleich vorn an der Tür auf die kleinen Schränkchen. Dann gehen sie ohne Gesicht ins Wohnzimmer und begrüßen ihre Ehemänner und -frauen. Ganz unverstellt und müde sagen sie: »Ich habe einen Freund beim Bäcker gesehen, du kennst ihn auch, ihm scheint es gar nicht gut zu gehen, wir haben kurz gesprochen, und er hat erzählt, dass früher alles leichter war, und dann hat er bestellt, ein Brötchen und ein halbes Brot. Nur ein Brötchen und das halbe Brot, der arme Kerl.«

Und die Männer und Frauen sagen dann: »Ja, armer Kerl«, und damit meinen sie mich. Und dann fassen sie den anderen bei der Hand und sagen: »Komm, lass uns essen.«

DARF ICH JETZT AUFSTEHEN?

Meine Tochter und ich saßen im überfüllten Wartezimmer der Zahnarztpraxis. Sie zupfte an den Bommeln ihrer Mütze und beobachtete dabei die alte Frau, die uns gegenübersaß. Sie war mit ihrer Tochter da, nein, genau genommen war es umgekehrt. Die alte Frau wiederholte schon eine ganze Zeit ungeduldig den selben Satz: »So, darf ich jetzt aufstehen«, fragte sie ihre Tochter, und diese antwortete jedes Mal leise und höflich, sie müssten noch etwas warten und würden bestimmt gleich aufgerufen werden. Und dann war die Mutter für einige Minuten beruhigt. Sie strich mit der flachen Hand über ihren grauen Rock wie über eine schnurrende Katze. Dann, ihre Hand stockte, sie blickte auf und wieder dieses forsche: »Darf ich jetzt aufstehen?«, und die Antwort der Tochter: »Nein, Mutter, einen Moment warten wir noch.«

Ich bemerkte, wie meine Tochter gebannt ist von dem, was gegenüber passiert, und wie sie sich nicht traut, mich zu fragen, was die Alte hat. Meine Tochter war vier Jahre alt, und eigentlich wiederholte sie sonst solche Fragen und nun wunderte sie sich, dass es Erwachsene gibt, die sich langweilen. Ja, sie war sogar etwas verstört und beunruhigt darüber.

»So, darf ich jetzt aufstehen?«

»Mutter, wir sind gleich dran, wenn wir jetzt gehen wie letztes Mal, müssen wir wiederkommen und wieder warten, verstehst du das?«

Die alte Frau nickte und ich dachte, jetzt hat sie es. Wir alle im Warteraum waren schon ganz still geworden über ihren Satz. Ich sah, wie die Worte erneut in ihr aufstiegen, wie Kohlensäure in einem Glas Wasser. Ich sah die Tochter, die geduldig neben ihrer alten Mutter saß und hoffte, dass sie bald aufgerufen würden, und ich bewunderte ihre Sanftheit und Ausdauer. Noch bevor die Mutter wieder fragen konnte, sagte die Tochter: »Mutter, wollen wir etwas herumlaufen?«

»Ja.«

Sie half ihr auf, und sie gingen langsam, die Alte auf den Arm ihrer Tochter gestützt, einige Meter zur Anmeldung hinüber. Sie waren schon in der Mitte des Empfangsraumes, da hörte ich wieder die brüchige Stimme, die fragte: »So, darf ich jetzt aufstehen?« Und die Tochter antwortete: »Mutter, du bist schon aufgestanden.«

Dieses Ende. Ist es gnädig? Ist es grausam? Ironie? Ich musste fast weinen, und ich dachte, warum kann man nicht weinen im Wartezimmer, wo die anderen sitzen und wohl denken: ›Die arme Tochter‹. Aber in einem Wartezimmer kann man nicht weinen. Meine Tochter würde mich ängstlich fragen: »Papa, was ist mit dir?« Ich werde doch nicht Tränen vergießen über den Lauf der Dinge, über den wundersamen Anfang und das wundersame Ende.

Wir werden eines Tages von unseren Kindern zu Bett gebracht, mit einem Lied auf ihren Lippen: »Der Mond ist aufgegangen, / Die goldnen Sternlein prangen«. Und dann werden wir die Arme anziehen, dicht an unsere Brust, und träumen vom Garten unserer Eltern, von den Äpfeln unter dem Baum und den Johannisbeeren, und ihr Geschmack wird uns kommen wie ein Traum, wie uns alles erscheinen wird, in dichte Nebel gehüllt, und unsere Kinder beruhigen uns und sagen: »Es ist alles gut, ich bin ja da, es ist alles gut.« Und dann werden sie uns zudecken, das Laken über uns glattstreichen, die Tür noch einen Spalt geöffnet lassen und ins Wohnzimmer gehen, wo uns noch der flüsternde Fernseher beruhigt. Oh bitte, lass es so sein, nichts wissen von Verlorenem, nichts ahnen vom Möglichen.

Doch die alte Frau schlug nun mit geballter Faust gegen ihr linkes Bein, noch immer in der Mitte des Raumes stehend, und schlug heftiger und mir schien es, als riefe sie uns damit zu:

»Grausam ist das, grausam!«

Und dann hörte das Schlagen gegen ihr Bein auf, und sie fragte ihre Tochter mit schrecklich schüchterner Stimme, ob es noch lange dauert.

TIEFSEE

Ich war auf der Suche nach einer Wasserwaage und öffnete die kleine Tür zur Kammer unter der Treppe. Ich schaltete die Taschenlampe an und schwenkte sie durch den Raum. Ein kühler Roboterblick, wie in das Wrack der ›Titanic‹.

Zwei abgenutzte Campingstühle, das Schlauchboot ausgetrocknet an der Wand, daneben unsere Langlaufski, auf dem Boden eine Kiste mit altem Geschirr für den nächsten Polterabend, drei Bananenkartons mit leeren CD-Hüllen, darauf die kaputte gelbe Brotmaschine. Ein niedriges altes Holzregal, darin: mein zerschlissener Volleyball, mehrere Fliesen aus dunkelblauer Keramik, zwei rostige Teedosen mit Nägeln, auf dem untersten Brett ein Paar Ballettschuhe, Schuhe für sehr kleine Füße. Es lag Staub auf ihnen, und ich konnte ihre Farben nur erahnen. Mattes Rot, Rosa vielleicht.

Etwas stimmte nicht. Ich beugte mich weiter in die enge Kammer hinein, tiefer hinunter, und dann konnte ich es genau sehen. Ich sah, wie sie sich bewegten.

Die Schuhe bewegten sich ganz leicht mit der Hacke auf und ab, als steckten noch die Füße meines Mädchens darin.

Ich zog die Tür vorsichtig hinter mir zu und hockte mich auf die kleine Fußbank vor das Regal, ein stiller Zuschauer.

Meine Frau erzählte, dass sie lange gerufen hatte nach mir und dass ich nicht geantwortet habe. Sie erzählte mir, wie sie die Tür zur kleinen Kammer aufzog, und wie ich darin saß vor dem Regal und weinte, ganz entsetzlich weinte. Sie sagte, dass ich nicht herauswollte und dass ich ihr nicht erklären konnte, warum. Sie sagte, dass sie sich dann neben mich gesetzt hatte und dass sie, als sie die Schuhe sah, dass sie dann in ein heftiges Schluchzen kam und aus bitterster Seele heraus geweint hätte. Sie sagte, dass wir uns gewiegt hätten, leicht vor und zurück und dass wir schon lange nicht mehr so weit entfernt voneinander gewesen waren wie an diesem Morgen. Sie dachte, wir hätten das Gleiche gesehen.

DAS GRÜBCHEN MEINER GELIEBTEN

Ich hatte an diesem Abend das Grübchen meiner Geliebten nicht zu sehen bekommen, dafür aber eine Geschichte gehört, ihre Geschichte. Jeder Mensch hat eine Geschichte, die man erzählt, wenn es mehr Kraft kostet, sie zu verschweigen, als sich ihr endlich hinzugeben. Ihre Geschichte brauchte lange, ehe sie erzählt werden konnte. Ich war der Erste, der sie hörte. Wir waren seit drei Wochen ein Paar, und ich sollte, bevor sie beginnen würde, das Licht ausschalten. Die Laterne vorm Haus schlug einen harten Schatten ins Zimmer. Ich saß neben meiner Geliebten und betrachtete ihre Silhouette, während sie sprach.

»... ich war bewusstlos, er hatte mich mit irgendetwas, einem Stein vielleicht, ... jedenfalls bin ich erst zwei, drei Stunden später wieder zu mir gekommen, es war immer noch dunkel, und ich konnte meine Hose nicht finden. Ich habe ...« Sie stockte. Ich dachte, sie würde sicher nicht weinen, sie tat es auch nicht. So tapfer war sie, so hart. »Ich habe noch nie jemandem davon erzählt.«

Sie schaute mich an, ich glaube, mir direkt in die Augen, ich konnte die ihren nicht sehen. Ich drückte ihre linke Hand. Ich hatte mich daran, seit sie begonnen hatte zu erzählen, festgehalten. Sie schaute mich an und wollte wissen, wie es mir geht, wie es mir damit geht.

Ich sagte: »Es ist gut, dass du es mir erzählt hast«, und zog sie zu mir heran. Ich küsste ihre Wange und legte mein Kinn auf ihre Schulter.

Ich schaute nach draußen in das Licht der Laterne.

›Wir werden nicht glücklich sein‹, dachte ich. Ein Gedanke, der mir kam und blieb.

GEGEN DREI UHR NACHTS

Ich starre ins Halbdunkel vor mir. Mein Mund ist trocken und müde. Ich schlage die Bettdecke zurück und stehe auf. Ich mache kein Licht. Die Straßenlaterne wirft schräge Streifen ins Zimmer. Ich spreize die Lamellen der Jalousie etwas auseinander und schaue nach unten auf die Straße. Eine Katze.

Es ist schwer auszumachen, wo meine Sachen liegen. Vorsichtig schließe ich die Tür hinter mir. Ich verlasse das Haus. Die Stadt ist hell und leer. Braun und Gelb. Ich weiß nicht genau, wo ich hingehen werde, aber es ist wie nachts aufs Meer hinausschwimmen, mutig und als wäre ich jung. Ich könnte nicht wiederkommen.

Sie hatte sich nicht bewegt, als ich ging, aber ich wusste, ihre Augen waren offen und Tränen darin. Dieses Zimmer bebte. Als ich die Haustür schloss, spürte ich, wie oben etwas zerriss.

Doch ich bin weitergegangen, ein schwarzer Schatten im Braun und Gelb. Es wurde dunkler. Ich betrat den Park.

Der Fluss riecht schon nach Meer. Wie kann das sein? Wie kann ein Fluss so weit entfernt vom Ozean nach Meer riechen? Ich könnte Michael, meinen Schulfreund, von zu Hause abholen, seine Eltern hätten gewiss nichts dagegen, wenn sie wüssten, was geschehen ist, dass unser Fluss nun in die andere

Richtung fließt, dass die Welt von nun an nicht mehr diese ist, sondern jene. Das wäre schön. Endlich.

Ich bleibe einen Moment stehen. Die Brücke, ruhig unter mir. Sie hat gehalten. All die Jahre. Ich trete kurz und mehrere Male fest auf. Ein Mensch allein kann das nicht.

Ein Wind kommt und streift mich. Ich schaue ihm nach, wie er am Ufer die finsteren Bäume schüttelt und den Park, als hätte er Spaß daran.

Ich warte gespannt. Ich fühle das Handy in meiner Hand. Ich sollte es ausschalten. Als Strafe. Aus Angst. Ich weiß jetzt, dass sie nicht geweint hat. Ich wünschte, sie hätte. Dann könnte ich es jetzt auch. Dann wäre ich jetzt nicht so gewiss, dass dies das Ende ist, und ich wüsste nicht, dass ich nun allein an diesem Wasser stehe und allein hinunterschaue ins spiegelnde Schwarz.

Ich hatte einmal Angst, über Brücken zu gehen. In der Stadt war ein Feuerwerk. Mein Vater nahm mich auf die Schultern. Alle Leute wollten zu uns auf die Brücke, weil man gut sah, und sie fing schwer zu schwingen an. Ich fühlte das durch meinen Vater hindurch. Er schwankte, und ich wusste, er könne nichts tun.

So ist es auch jetzt. Das ist es also. Bis hierhin und nicht weiter.

Warum ist der Fluss schwarz? Warum können wir nichts tun? Warum nicht?

Man soll die Brücke nicht betreten. Sie schwankt, sie schwankt, sie schwankt durch uns.

Ich ging irgendwann zurück mit dem Gefühl, dass ich etwas

Befreiendes getan hätte, mit dem Gefühl, dass ich mich wieder neben sie legen, sie umarmen und von ihrer feuchten Wärme leben könnte. Doch als ich die Tür zu unserem kleinen Zimmer öffnete, saß sie auf dem Bett und schaute mich zum letzten Mal fragend an. Denn an diesem Morgen antworteten wir einander.

BEGEGNUNG

Leon bestieg die Straßenbahn und schaute sich nach einem Sitzplatz um. Er nahm seinen blauen Schulranzen ab und setzte sich zwei Reihen vor mir ans Fenster. Die Bahn fuhr an. Leon beugte sich nach vorn, verschwand und tauchte mit einem Pfannkuchen in der Hand wieder auf. Ich beobachtete ihn, wie er hineinbiss und wie er kauend aus dem Fenster nach draußen in die vorbeiziehende Stadt blickte. Vier Jahre waren seit der Trennung vergangen. Ich hatte ihn damals geliebt, und ein Rest von dieser Liebe war immer noch da.

Eines Nachts war er zu uns ins Bett gekommen. Alexandra schlief fest. Ich wachte auf, als er sich unter die Bettdecke schob und seine kleine Hand auf meinen Bauch legte.

»Kannst du nicht schlafen?«, fragte ich leise, und er flüsterte gegen meine Brust:

»Ich möchte nicht mit dem Flugzeug fliegen.«

»Wieso denn nicht? Hast du Angst?«, fragte ich ihn.

»Ja, hab' ich.«

»Wovor genau hast du denn Angst?«

»Vor dem Flugzeug«, antwortete er.

»Wieso denn jetzt auf einmal, du bist doch schon oft zur Oma geflogen?«

»Ich weiß nicht. Du hast doch auch Angst vor dem Flugzeug.«

Ich fragte ihn, woher er das wisse.

»Du hast es mal Mama erzählt«, sagte er.

»Und jetzt hast du auch Angst?«

»Ich weiß nicht.«

»Ich verspreche dir, es wird nichts passieren. Ich weiß, dass nichts passieren wird.«

»Und warum hast du dann Angst?«

Ich überlegte. Ich wusste es nicht und sagte:

»Es gibt Leute, die haben vor Dingen Angst, die vollkommen ungefährlich sind, wie das Fliegen zum Beispiel. Es gibt Leute, die haben vor Spinnen Angst.«

Leon ruckte mit dem Arm und hob seinen Kopf.

»Ja, Pauline hat vor Spinnen Angst.«

»Siehst du. Und sind Spinnen gefährlich?«

Er schwieg.

»Aber Flugzeuge stürzen ab«, sagte er.

»Das stimmt. Aber ganz selten. Flugzeuge sind die sichersten Verkehrsmittel.«

»Glaub' ich nicht.«

Er überlegte einen Moment.

»Sicherer als Autos?«

»Viel sicherer. Genau genommen ist Autofahren am unsichersten, und du fährst doch trotzdem gern Auto, oder?«

»Ja.«

Alexandra stöhnte kurz und drehte sich halb zu mir um.

»Könnt ihr euch bitte etwas leiser unterhalten.«

»Entschuldige«, sagte ich. »Wir schlafen jetzt.« Ich streichelte seinen Kopf.

Sie legte ihren Arm um mich und fragte müde und mit taubem Mund:

»Was war denn los?«

»Er hat Angst vor morgen.«

»Wieso vor morgen?«

»Erzähl' ich dir beim Frühstück, nichts Schlimmes.«

Es wurde still im Zimmer. Nur das leise Rauschen der Heizung war zu hören. Ich dachte schon, er wäre eingeschlafen, doch dann kroch Leon ein Stück weiter an mir hoch, drehte meinen Kopf mit seiner kleinen Hand zu sich und flüsterte mir ins Ohr:

»Du kannst gut Auto fahren.«

Ich weiß noch, wie ich ihn dann fest an mich drückte und mit den Tränen kämpfte.

Eine Woche danach zog ich aus.

Jetzt saß er vor mir, Jahre später und aß seinen Kuchen. Ich wollte ihn ansprechen. Ich stellte mir vor, er würde aufspringen und mir lachend, nein, weinend um den Hals fallen. Deshalb entschied ich mich, ihn nicht anzusprechen. Kurz bevor die Straßenbahn meine Haltestelle erreichte, stand ich auf und ging zur mittleren Tür. Ich hätte auch zur hinteren gehen und unbemerkt aussteigen können, aber ich wollte sein Gesicht von Nahem sehen. Leon wischte sich gerade die klebrigen Hände mit einem Taschentuch ab. Dann schaute er auf, als hätte er bemerkt, dass ich ihn beobachte. Unsere Blicke trafen sich. Im gleichen Moment öffnete sich die Tür. Draußen stand eine ältere Dame, Leons Blick wanderte zu ihr und begleitete sie, während sie mühevoll einstieg. Darauf wäre ich nie gekommen. Er hatte mich nicht erkannt.

Ich stieg aus, die Türen schlossen sich, die Bahn fuhr ab, und ich sah Leons waches Gesicht, wie es sich langsam entfernte und hinter einer Häuserzeile verschwand.

DER GEBURTSTAG

1

Peter war einen Kopf größer als die meisten seiner Mitarbeiter. Er musste sich zu ihnen hinunterbeugen, um ihre Glückwünsche und Geschenke entgegenzunehmen. Dabei fiel etwas Konfetti von seinen Schultern und aus dem Kragen. Hans kletterte auf einen Schreibtisch, stellte sich aufrecht hin und erhob seine Stimme.

»Ihr Lieben ...«, er klopfte mit dem Ehering an sein Sektglas, »... ich bitte um Ruhe!« Er klopfte energischer. Die Gespräche verstummten. Ein verspätetes Lachen von Peters Sekretärin war zu hören und wurde von ihr selbst scharf abgeschnitten.

»Ihr Lieben. Es ist soweit.« Hans machte eine theatralische Pause. Dann begann er seine Rede.

»Niemand von uns kann sich vorstellen, wie es ist, wenn man fünfundfünfzig wird, nicht einmal ich, den es ja auch bald trifft. Der Einzige von uns, der nun bestens Bescheid weiß, ist unser Peter. Er hat mir erst vergangene Woche versichert, dass es ihm gut geht und, hört, hört, dass er zufrieden ist. Wer von uns kann das von sich behaupten?« Ein Raunen ging durch die Menge. »Wobei wir alle zufrieden sein müssten, zumindest mit unserer Arbeit hier. Denn wir alle, ja bitte, da gibt es nichts zu lachen, wir alle haben das große Glück, in einer Firma zu arbeiten, die zu den besten und, was noch wichtiger ist, zu den gefragtesten gehört.« Hans schaute auf den Zettel in seiner Hand und warf dann einen verschmitzten Blick zu Peter hinunter.

»Ich habe Peter versprochen, keine Lobeshymnen auf ihn zu singen, und ich habe überlegt, was es überhaupt über einen Menschen zu sagen gibt, wenn man Lob und Begeisterung für sich behalten muss. Da bleibt eben nur sachlich Biografisches. Ihr könnt euch räuspern oder laut husten, sollte ich mich zu sehr in Peters Leben verstricken, oder euch mit meinem Gerede langweilen.« Augenblicklich war ein Räuspern und Husten aus einigen Ecken zu hören, in das sich Gelächter mischte. »Gut, gut. Ihr seid ein elender Haufen! Also kurz und bündig. Ohne Peter gäbe es dieses Architekturbüro nicht, ohne ihn würdet ihr irgendwo für einen Hungerlohn vor einen Pflug gespannt sein ...« Einige johlten auf, andere begannen zu klatschen.

»... ohne Peter würdet ihr Entwürfe für Bushaltestellen und Reihenhäuser machen.« Hans Stimme wurde lauter. »Nichts gegen Bushaltestellen! Nichts gegen Reihenhäuser!« Er rief über die anschwellende Woge des Applauses hinweg und gab ihr den letzten Schwung: »In vierhundert Jahren werden die Menschen durch Peters Hallen wandeln und sagen, so haben die Leute also damals gelebt. Und sie werden rufen: ›Gut, dass es die Denkmalpfleger gibt!‹« Der Applaus war ohrenbetäubend. Hans warf Peter einen entschuldigenden Blick zu, und Peter antwortete ihm mit einem Kopfschütteln und lachte. Als sich alle wieder beruhigt hatten, sprach Hans weiter.

»Also gut, hier einige Fakten für die, die es nicht wissen.

Peter Kappus, geboren am siebzehnten August neunzehnhundertfünfzig in Berlin Köpenick. Nachkriegskind, mit Essenmarken und Kohlenklauen aufgewachsen, hat, wie er mir erzählte, mit fünfzehn Jahren zum ersten Mal eine Banane gegessen. Immerhin. Da war er wohl nicht der Einzige. Also Nachkriegskind, schwach auf den Beinen, Keuchhusten, Tuberkulose mit vier Jahren, und beinahe hätten wir ohne seine strenge und gütige Hand auskommen müssen. Neunzehnhundertsechsundfünfzig. Das wichtigste Jahr in Peters Leben, Schulanfang. Peter lernt Hans kennen, meine Wenigkeit. Wir sind Banknachbarn. Er träumt davon, ein U-Boot zu bauen. Ich habe übrigens noch ein frühes Patent von ihm in meinem Aktenschrank, man nehme den Tank eines ›Minol‹- Tankwagens, zwei einfach verglaste Fenster und, wichtig, zwei von ihm selbst entworfene Stühle im Z-Design, einen für ihn, einen für mich. Also er träumt von U-Booten und ich von Steffi Brückmann, hübsches Mädchen mit blonden Zöpfen.« Alles lachte. »Mit fünfzehn Penne, Erweiterte Oberschule ›Wilhelm Pieck‹. Wer ist wieder dabei? Hans. Wieder neben ihm auf der Bank, jetzt träume ich von Brücken und Aussichtstürmen, und Peter holt das mit den Mädchen nach.« Hans sprach über die vereinzelten Lacher hinweg: »Trotzdem schließt er mit einer unmenschlichen Eins-Komma-zwei ab. Dann trennen sich unsere Wege. Ich ordentlich drei Jahre bei den Funkern, er ordentlich drei Jahre beim Wachregiment. Hat also gelernt, stramm zu stehen und zu tun, was der Auftraggeber verlangt. Danach studiert er Architektur, und ich werde, ganz stupide, Bauingenieur.« Hans warf einen kurzen Blick auf seinen Zettel, dann schaute er in die Runde.

»Was wären wir ohne die Menschen, die unser Leben bereichern, überhaupt erst lebenswert machen? Ich spreche von den Mädchen, aus denen Frauen geworden sind, ich spreche vom Entscheidenden, vom Wichtigsten in unserem Leben, von Familie. Neunzehnhundertachtundsiebzig lernt Peter seine Ines kennen. Als er sie mir vorstellte, sie war technische Zeichnerin im Planungsbüro der Konkurrenzbrigade, als Peter sie mir also vorstellte, da dachte ich, wie kann ein Mensch allein so viel Glück haben. Sie war, und ich untertreibe nicht, sie ist es noch, eine verdammt schöne, intelligente und vor allem mutige Frau, denn man muss schon von Mut sprechen, wenn man einen Ackergaul wie unseren Peter hier ernsthaft ins Auge fasst. Beide zersägen ohne Mühe kurz darauf einen Baumstamm. Wenn Ines nicht in sein Leben getreten wäre, hätte er unmöglich eine so reizende Tochter bekommen können, und ohne seine aufopferungsvolle Frau hätte er nicmals Kariere gemacht. Ich weiß, er ist sich all dessen bewusst.

Peters erste Architektur-Entwürfe sind großartig, aber in einer genormten DDR nicht umzusetzen. Man lässt ihn am langen Arm verhungern, speist ihn mit Kantinenerweiterungen und Fassadengestaltungen von Plattenbauten ab; immerhin, Peter darf sich Architekt nennen. Aber er hat bald die Schnauze voll, und da er sie eben nicht halten kann, stuft man ihn zurück, Baulciter. Da ist Peter, wir kennen ihn, konsequent, Ausreiseantrag für sich und seine Familie. Sie drehen ihm, logisch, den Hahn ab, keine Entwürfe mehr, nicht mal ein Treppengeländer. Peter steht auf dem Abstellgleis und wäre da wohl auch vergessen worden, wenn nicht, dieser Glückspilz, wenn da nicht tausende ›Wir sind das Volk‹ gerufen hätten, na klar, neunundachtzig. Er wäre geplatzt vor lauter Ideen, und da fällt die Mauer. Peter darf werden, was er schon lange ist, ein Architekt, ein großartiger Architekt, ich sage, einer der bedeutendsten in Deutschland ...«

»Hans!«, rief Peter laut dazwischen. »Bitte, du sollst nicht langweilen!« Vereinzelte Lacher.

»Ja, ja. Ich sage, er wäre geplatzt ohne die Wende. Also auf die Wende trinken wir später noch. Schau mich nicht so an, ich werde fertig, ganz sicher! Neunzehnhundertneunzig fragt er mich, ob ich Lust auf eine Firma hätte, er habe da einen Auftrag. Und ich muss sagen, und ich sage das wohl jedes Jahr, das war die beste Entscheidung meines Lebens. Der Anbau für die Oper. Kühn und kompromisslos, ein Meisterwerk. Ich weiß noch, wie ich damals zu ihm sagte, dass er damit entweder berühmt oder arbeitslos wird. Er hat geschuftet wie ein Esel, hat sozusagen im Stehen geschlafen und das wohl bedeutendste Bauwerk der neunziger Jahre entworfen. Auf einen Schlag berühmt. Tja, und dann ging es richtig los. Einige von euch werden sich daran erinnern, wie wir in unserem ersten Büro, ich denke mit Wehmut daran zurück, nachts kampiert haben. Aufträge in Japan, Brüssel, die Kirche in Paris, die Nationalgalerie. Ich kann nicht alle nennen, das muss ich auch nicht. Womit ich am Ende meiner kleinen Rede und bei deinem Geschenk angelangt wäre. Lieber Peter, du wirst dich sicherlich gefragt haben, was ich die letzten Monate so gemacht habe.« Eine kurze Pause entstand, Peter lachte auf und sagte: »Du meinst, die letzten Jahre?«

»Nebenbei ist er noch ein wunderbarer Freund«, rief Hans und alles lachte. »Nein, Spaß beiseite. Ich habe auch an einem

Werk gesessen. An einem Nachschlagewerk, genauer gesagt, an deinem Nachschlagewerk.«

Die Leiterin der Statik-Abteilung löste sich aus der Menge und brachte Hans einen großen Bildband. Der nahm ihn und hielt ihn in die Höhe. »Und hier ist es. Es wird im Herbst bei Steidl erscheinen. Sozusagen der erste Band deiner Werke. Ist absolut vollständig. Sogar die Kantine und deine von dir so gehassten, aber wirklich schönen Fassaden sind mit drin. Ich habe alles zusammengetragen und hoffe, es fehlt nichts.«

Peter ging auf den Tisch zu, auf dem Hans stand. Der kletterte herunter, und beide umarmten sich innig unter dem Beifall der Mitarbeiter. Irgendwo im Raum erklang ›Wish you were here‹, Peters Lieblingslied. Er war gerührt und drückte seinen Freund und Partner fest an sich.

2

In dem Stern auf der Kühlerhaube hatte sich auf der Auffahrt zur Autobahn ein Zitronenfalter verfangen. Seine Flügel zitterten heftig im Fahrtwind. Peter hielt mit seiner linken Hand das Lenkrad, mit der rechten ordnete er die Geschenke, die auf dem Beifahrersitz lagen. Sein Blick wanderte zwischen der Autobahn und den Geschenken hin und her. Er wusste, was die meisten enthielten. Seine Sekretärin hatte ihm eine Flasche Rotwein gekauft. René wie jedes Jahr einen Whisky. Peter tastete das Profil des Kartons ab. Ein ›Ardbeg‹, zehn Jahre alt.

Wenn er ein Trinker wäre, würden sie ihm keinen Alkohol schenken, dachte er. Dann waren da die Präsente der Vertreter, in buntes Papier eingewickelt. Zu keinem seiner Geburtstage hatte er ein Geschenk von diesen Leuten erhalten, über das er sich hätte freuen können. Auf allen waren die Logos der Firmen abgedruckt, und Peter fühlte sich durch sie wie gestempelt und markiert.

Die CD seiner Tochter war am Morgen per Kurier in sein Büro geliefert worden. Klara würde also nicht zur Feier kommen. Peter riss das Papier von der Hülle und drückte die CD mit Daumen und Zeigefinger heraus. Er hielt sie vor sich ans Lenkrad, und während draußen die Schilder an ihm vorbei- und die Brücken über ihn hinwegflogen, las er: ›Für Papa zum Geburtstag.‹ Er legte die CD in den Player ein und hörte die Stimme seiner Tochter, ernst und ruhig.

»Lieber Papa. Diesmal keine Musik.

Ich habe dir diesen Brief hier geschrieben und wollte ihn eigentlich erst abschicken, aber ich denke, es ist besser, ich lese ihn dir vor. Ich weiß nicht, ob dein Geburtstag der richtige Zeitpunkt ist, dir das hier zu sagen. Ich denke, es gibt keinen richtigen Moment dafür. Ich weiß nur, ich hätte es schon längst tun müssen. Ich habe es auch versucht, aber es ist wirklich verdammt schwer, dir das ins Gesicht zu sagen.«

Peter drückte die Pausentaste auf dem Lenkrad. Er überlegte, ob er anhalten oder es später zu Hause hören sollte. Er dachte nur: ›Es ist soweit. Dieser verfluchte Psychiater. Jetzt bin ich dran.‹ Er drückte die Taste erneut.

»Das, was ich dir jetzt sage, ist unvollständig, es ist so unvollständig wie das, was wir über uns selbst oder über die anderen wissen können. Ich werde jetzt zu dir sprechen, wie ich noch nie zu dir gesprochen habe, und es ist möglich, dass du deine Tochter nicht wiedererkennst. Ich habe dich lange Zeit vergöttert. Nun habe ich Dich in Frage gestellt, und ich hoffe, du wirst es mir verzeihen. Vielleicht ist das jetzt feige von mir. Kann sein. Also gut. Ich fange an.«

Ihre Stimme setzte aus. Peter hörte, wie sie Luft holte.

»Es tut mir weh, wenn ich sehe, wie unglücklich du bist. Ich weiß, du würdest es nicht zugeben, aber du bist unglücklich. Genau wie Mutter. Euch geht es schlecht. Seit Jahren, seit ich mich erinnern kann, geht es euch schlecht. Und lange Zeit dachte ich, mein Unglück hat mit dem euren nichts zu tun, aber das stimmt nicht.

Ihr habt mich gefragt, warum ich diese Therapie machen musste? Ja, warum? Ich hatte Probleme, ernsthafte Probleme. Ich brauchte Hilfe. Schön ist das nicht, es ist ein schreckliches Spiel mit diesem Mann in diesem Zimmer. In der ersten Stunde hat er mich gefragt, ob ich denke, dass ich eine glückliche Kindheit hatte, und ich habe voller Überzeugung ›Ja‹ gesagt. Er erklärte mir, dass, falls ich mich irren sollte, diese Erkenntnis sehr schmerzhaft sein würde. Und ich sagte ihm nochmal, da müsse er sich keine Sorgen machen, ich hätte eine wunderbare Kindheit gehabt. Vier Sitzungen später fing diese wunderbare Kindheit an, sich aufzulösen. Er will die Wahrheit hören, und ich erzähle sie ihm. Das reicht, das reicht so sehr, man möchte es nicht für möglich halten. Da schrubbt und kratzt man sich lieber die Arme wund, als dass man an die Wirklichkeit glaubt. Meine Kindheit, wie sie wirklich war. Dort hinzuschauen ist qualvoll, weil man alles zum zweiten Mal verliert. Nicht die Freude, wenn du von deinen Reisen kamst, blieb dann, nein, es war nur noch Schwermut da, die Müdigkeit, die unsägliche Sehnsucht nach dir.

Erinnerst du dich an den Tag, als wir auf dem Baum vor dem Haus saßen? Ich glaube, ich war acht. Ich hatte erst solche Angst, hochzuklettern, aber als du dann oben warst, ging es wie von selbst, weil ich zu dir hinaufwollte. Weil ich zu dir wollte. Das war der schönste Tag. Und das letzte Mal, dass du mich zu dir gelassen hast.

Wo warst du all die Jahre? Ich habe gewartet auf dich, wir beide haben gewartet auf dich. Wir zwei Frauen saßen zuhause und haben gewartet.

Vielleicht weißt du es ja nicht, oder du weißt es und es macht dir nichts aus. Ich rede von der Sucht deiner Frau, ich meine ihre kleinen Fläschchen, nicht die großen.

Eines Nachts bin ich aufgewacht, und im ganzen Haus brannte Licht. Du warst nicht da, und ich habe Mutter gerufen, doch sie antwortete nicht. Also habe ich sie gesucht und im oberen Flur gefunden. Sie stand da wie ein Gespenst. Sie sagte, sie könne nicht schlafen und würde deshalb etwas saubermachen. Sie hat die Fläschchen geputzt. Vorher war es mir nie aufgefallen, aber von diesem Tag an nahm ich regelmäßig einen Flakon aus einem der gläsernen Setzkästen, und ich habe es vergangene Woche wieder getan und letztes Jahr, zu Mutters Geburtstag. Irgendeines dieser tausenden Fläschchen von Dior, Chanel, Jean Patou, Fendi, du siehst, ich bin vom Fach, ich kenne sie alle, wie kann ich nicht vom Fach sein? Wenn Mutter nach Hause kam, durfte ich ihre neuen Eroberungen bewundern. Sie hielt die Flakons gegen das Licht und schwärmte: ›Schau dir dieses blasse Rosa oder das Türkis an.‹ Aber ja nicht öffnen, da verfliegt der Duft und ist für immer weg. Eines von diesen tausenden Fläschchen habe ich herausgenommen und herumgedreht, und ich fand keinen Staub. Sie glänzten. Sie glänzten auf der Rückseite. Für wen? Sie macht das nachts. Sie kann doch nicht tausende von Fläschchen putzen. Das kannst du doch nicht zulassen! Aber wie sollte man sie davon abhalten? Und ich muss ganz still sein. Ich putze schon fast wie Ines, ich putze die Abstellkammer, jeden Teller, gleich nachdem ich ihn benutzt habe. Meinen Geschirrspüler habe ich noch nie eingeschaltet.

Ich weiß nicht, ob ich mich je weit genug von euch entfernen kann. Wenn ich mich im Spiegel betrachte, entdecke ich in meinen Augen schon Mutters Müdigkeit und in den Winkeln meines Mundes deinen Ehrgeiz. Ich erzähle euch von meinen Erfolgen, und ihr seht nie etwas anderes als die Tochter, die es schaffen wird, die Kariere macht. Alles im Griff, Frau Kapitän. Mein Griff ist so fest, so verdammt fest, dass ich kaum noch Luft bekomme. Und ich bin unendlich wütend und traurig darüber, dass ich euch nicht abschütteln, nicht überwinden kann.«

Peter bemerkte, dass sein Blick auf die zitternden Flügel des Schmetterlings gerichtet war. Er fürchtete, dass der Falter noch am Leben sei und einer der Flügel abreißen könne. Er spürte einen stechenden Schmerz in seinem Rückgrat. Peter verließ die äußerste Überholspur und fuhr nun langsamer, in der Mitte der Autobahn.

»Ich habe meine Kindheit hindurch gewartet, dass du nach Hause kommst und mit mir spielst, mich etwas fragst, dass wir gemeinsam die Zähne putzen, du auf dem Wannenrand und ich auf dem kleinen weißen Hocker, dass du mir etwas von deinen Reisen erzählst, von deinem Büro, das ich einmal besuchen durfte, einmal. Der Geruch nach Leder, du zurückgelehnt im Sessel am Schreibtisch, telefonierst mit fremder Stimme und herrschst über deine Untergebenen und die dir so seltsam vertraute Sekretärin im Vorzimmer, die mich begrüßt hat mit den Worten: ›Na, Klara, es wurde ja Zeit, dass du uns hier einmal besuchst.‹ Warum hast du es mir dieses eine Mal gezeigt? Oder hast du etwa mich gezeigt an diesem Tag, deinem Hofstaat, deinem Volk? Welche Strafe für ein Kind, ihm die Welt zu öffnen, in der sein Vater glücklich ist und sie dann für immer abzusperren.

Und so bist du für mich der Vater geworden, der fort ist. Der fort ist, um die teuren Möbel, die glatten Fliesen, die Kleider seiner Frau, die gewaschenen Autos, das Studium seiner Tochter zu verdienen, noch bevor sie überhaupt eingeschult ist. Aber das Schlimmste, das, was ich dir vielleicht nie verzeihen kann, ist: Du hast mich allein gelassen mit einer betrogenen, entsetzlich unglücklichen Frau.

Ja, ich weiß es, dass du sie betrogen hast, nicht nur einmal. Mutter hat es mir eines Tages erzählt. Ich war zwölf, ich war zwölf Jahre alt. Ich durfte länger aufbleiben. Sie saß auf dem Sofa vor dem Kamin. Damals dachte ich, sie erzählt es mir, um mir wehzutun, um mein Bild von dir zu zerstören. Ich wusste ja nicht, wie so etwas gemacht wird, einen Menschen betrügen; und ich habe mir eure Leiber vorgestellt, wie in einer Hölle, verschlungen, atemlos, die Brüste einer fremden Frau und deinen nackten Körper. Mutters Absicht, dich bloßzustellen, war so ekelhaft und die Vorstellung von dem, was du getan hattest, so anziehend, so verlockend. Glaub mir, ich wollte diese fremde Frau sein, ich wollte sie sein. Für Mutter hatte ich kein Mitleid. Ich weiß, dass sie sich schon lange versperrt hatte vor dir, das hat sie mir auch erzählt.

Wieso bist du von all deinen Frauen immer zurückgekehrt zu ihr, ich verstehe das nicht. Was hält euch aneinander, wie könnt ihr zusammen in einem Bett schlafen, hören, wie der andere sich nachts umdreht und atmet? Hasst ihr euch denn nicht? Und wie kann man leben mit solchem Hass? Was euch zusammenhält, ist mir unheimlich, und ich habe Angst davor, dass ich auch dieses Unheil in mir trage, dass ich auf der Suche bin und immer sein werde, auf der Suche nach dir und dass ich dich am Ende auch finde, in einem Mann, der weg ist und mich betrügt. Gut, das hatte ich schon.«

Peter hörte, wie sie leise und bitter lachte.

»Übrigens, Mutter habe ich auch eine CD geschickt. Ich würde mir wünschen, dass ihr über meine Briefe sprecht. Ich wünschte, mir würde jemand eine CD besprechen und mich aufwecken, weil ich doch zu schlafen scheine. Alles ist wie ein Schlaf, als trüge ich ein Kissen an meiner Wange und vor meinem Ohr, wenn ich durch die Stadt gehe, meinen Freund küsse und sogar im Urlaub. Ich fühle mich wie eine Ertrinkende. Ich tauche in die Tage hinab und wieder herauf, und abends hoffe ich, dass mich jemand davor bewahrt, am anderen Tag wieder zu ersaufen, dass mir jemand eine CD auf die Schwelle legt, auf der eine liebe, vertraute Stimme sagt, was ich denn um Gottes Willen falsch mache. Die Frage ist, wie wir so werden konnten wie wir sind, was passiert ist mit euch und mir. Ich weiß es nicht. Es ist ein Rätsel. Wir hatten alles, und in gleichem Maße hatten wir nichts.«

Wieder setzte Klaras Stimme aus. Dann sagte sie:

»Vater, ich liebe dich, und es ist eine einzige Form der Liebe übriggeblieben, die zwischen uns möglich ist, sie wird vielleicht immer wehtun.

Ich wünsche so sehr, dass es ein gutes Ende nehmen wird mit dir, vielleicht weil ich dann Hoffnung für mich selbst haben kann. Denn dein Mut könnte mir Kraft geben. Deine Entschlossenheit wäre meine Zuversicht. Also, wach auf, Papa. Wach auf!

Klara.«

Peter stoppte den Wagen auf einem leicht ansteigenden Feldweg, der in eine große Kirschplantage führte. Er war wie im Traum von der Autobahn abgefahren und dorthin geraten.

Er saß da, angeschnallt, die Hände auf dem Lenkrad, bei laufendem Motor. Das Hemd klebte an seinem Rücken. Als die letzten Worte seiner Tochter verklungen waren, drückte Peter den Knopf neben dem Lenkrad, STOP ENGINE, legte den Gurt ab und öffnete die Wagentür. Die kalte Luft der Klimaanlage vermischte sich mit der trockenen Hochsommerhitze. Peter stieg aus, richtete sich wie in einem Ofen auf und blieb eine Zeit lang regungslos stehen.

Dann trat er einen Schritt vom Auto weg und warf die Tür zu.

Mit einem leichten Druck auf den Wagenschlüssel in seiner rechten Hand zog der Mercedes mit kurzem, leisem Summen seine Seitenspiegel ein, blinkte dreimal und verschloss sich von selbst. Peter ging langsam die Anhöhe zur Plantage hinauf. Seine Hände hielt er im Rücken verschränkt. Sein Blick wanderte über die Felder, die rechts und links des Weges lagen. Der Duft des Sommers stieg ihm in die Nase. Er hörte die Vögel, jeden einzelnen von ihnen, und er spürte ihr kleines hastiges Leben in den Ästen und in dem Weizen und in der Luft.

3

Ines mochte es nicht, schreien oder laut reden zu müssen. Sie hätte es ordinär gefunden, dem Gärtner von der Terrasse aus Anweisungen zu geben. Also lief sie den kleinen Hang zum Teich hinunter, um den der Gärtner mit einem winzigen Trecker fuhr und den Rasen mähte und stellte sich so, dass er sie bei seiner nächsten Runde bemerken musste. Er schien mit seiner Arbeit so beschäftigt, immer wieder beugte er sich zu allen Seiten und korrigierte die Fahrt, dass er Ines erst auf den letzten Metern entdeckte. Der Gärtner stoppte vor ihr und schaltete, ihr stummes Warten richtig deutend, den Motor aus.

»Mähen Sie doch bitte gleich, wenn Sie hier fertig sind, hinten unter den Bäumen. Wir werden das Buffet dort aufstellen.«

»Ja, das ist vernünftig. Ist ja jetzt schon eine Affenhitze«, antwortete er, zog sich die Schirmmütze vom Kopf und wischte sich den Schweiß von der Stirn.

»Danke«, sagte Ines. »Und bitte nicht länger als bis vier Uhr den Rasen sprengen.«

»Das kriegen wir hin«, erwiderte er, warf den Motor an, und Ines trat einen Schritt zur Seite. Der Gärtner fuhr fort, den mit kleinen weißen Blümchen übersäten Rasen streifenweise in ein frisches, einheitliches Grün zu verwandeln.

Ines ging zurück zum Haus. Sie stieg die breite Außentreppe zum Wohnzimmer hinauf, zog sich vor der Tür die Gartenschuhe aus und ihre weißen Hausschuhe an. Sie lief über den samtig schlohweißen Teppich und setzte sich auf das Sofa vor einen flachen gläsernen Tisch. Sie nahm einen Schluck ihrer noch kühlen Weißweinschorle und überflog die Liste mit den Besorgungen. Das Buffet, die Getränke, die Tische, Stühle, die

Servietten, sogar das Geschirr waren von ihr bei einem Partyservice bestellt worden. Dieser würde auch das Ausschmücken und vor allem die Beleuchtung des Gartens übernehmen. Ines mochte das besonders. Die Fackeln entlang der Wege, goldschimmernde Lichterketten in den Bäumen, die geheimnisvollen Lichtspiele in den Sträuchern und weiße Kerzen auf der langen Tafel. Seit mehreren Tagen verfolgte sie den Wetterbericht in der Sorge, ob das Fest im Freien stattfinden könne oder nach drinnen verlegt werden müsse. Aber der heiße und trockene Sommer hielt sich, und so beschäftigte sie seit dem Vortag nur noch der Wind, der das Aufstellen der Kerzen überflüssig machen könnte. Seit Wochen sah sie das Fest vor sich, und die Aufregung, ob denn an diesem Abend alles ihrer Vorstellung entsprechen würde, nahm von Stunde zu Stunde zu.

Die große Standuhr im Treppenhaus schlug elf. Der Glockenschlag drang in alle Zimmer hinein und hallte aus ihnen wieder heraus. Ines kannte den Klang des leeren Hauses. Es war Zeit, die Post zu holen.

Sie trank ihren Wein aus, stand auf und ging zur Vordertür. Sie streifte ihre Hauspantoffeln von den Füßen und stieg in ein Paar flache mintgrüne Ballerinas. Ines verließ das Haus, lief auf dem zementierten Weg die Auffahrt hinunter, durch den üppigen Vorgarten und die zitternden Schatten der Kiefern. Kurz vor dem Gartentor blieb sie stehen, beugte sich hinunter, hob einen Kienapfel vom Weg auf und brachte ihn zu einer der Mülltonnen neben der Einfahrt. Sie ging zum Briefkasten und öffnete ihn von der Innenseite. Sie nahm einen kleinen Stoß Briefe, die Tageszeitung und ein Päckchen heraus. Auf dem Rückweg zum Haus überflog sie die Absender. Einige Glückwunschkarten, die Telefonrechnung, Bankbelege. Sie drehte das kleine, flache Päckchen um und blieb gedankenversunken stehen. Auf dem Umschlag stand: »Für Mutter.« Kein Absender, keine Adresse. Ihre Tochter musste also an diesem Morgen dagewesen sein. Ines war so verwirrt über diesen seltsamen Umstand, dass sie kurz und laut sagte: »Warum klingelt sie denn nicht?«

In der Küche riss sie das Päckchen auf. Es enthielt nur eine von Hand beschriftete CD. Darauf stand: ›Für Ines. Bitte gleich anhören!‹

Sie ging zum Kühlschrank, auf dem eine kleine Musikanlage stand, legte die CD ein und drückte auf PLAY. Augenblicklich war Klaras Stimme zu hören.

»Liebe Ines, ich möchte dich um einen Gefallen bitten. Du hast viel zu tun, die Vorbereitungen zu Vaters Geburtstag, ich weiß. Du hättest die CD sicher nebenbei gehört, aber ich möchte dich bitten, dich für einen Moment auf einen Stuhl zu setzen, oder auf die Couch im Wohnzimmer und mir zuzuhören. Bitte setz dich, ich warte so lange.«

Ines schaute sich nach einem Stuhl um. Sie setzte sich an den Küchentisch. Dann fiel ihr ein, dass ihr Weinglas im Wohnzimmer stand. Aber es war zu spät, Klaras Stimme setzte wieder ein.

»Ich hoffe, du hast es dir bequem gemacht und hast deinen Wein dabei. Ich habe gehört, es soll schönes Wetter geben. Ihr könnt also im Garten feiern. Das freut mich. Ich weiß ja, wie gern du das hast. Ich werde allerdings dieses Jahr nicht kommen.

Eigentlich hatte ich nicht vor, dir einen Brief zu schreiben. Aber als ich mit Vaters Brief fertig war, ich hatte ihn sogar schon zugeklebt, da hat mich etwas überfallen, eine Traurigkeit, eine Trauer darüber, dich offensichtlich abgeschrieben zu haben. Und das hat mir Kraft gegeben, auch dir die Dinge so offenzulegen, wie ich sie mittlerweile sehe.«

Ines saß, leicht vorn übergebeugt auf dem Stuhl. Ihr Blick hielt sich an dem silbernen Griff des Kühlschrankes fest.

»Im Gegensatz zu Vater und mir hatten wir beide immer Streit. Deshalb sollten wir eigentlich den Vorteil haben, dass das hier nicht aus heiterem Himmel kommt. Aber wir haben uns an der Oberfläche aufgehalten, und ich bin jetzt tief hinabgestiegen in unsere triste Zweisamkeit, ich musste da hinabsteigen, ich hatte keine andere Wahl. Ich wollte mit euch reden, es wäre besser gewesen zu reden über das, was ich mittlerweile meine einigermaßen glückliche Kindheit nenne. Aber ihr wolltet nicht reden, ihr konntet nicht, denn dann hättet ihr über euch und eure Beziehung, über euer beider Leben sprechen müssen. Ich verstehe das.

Mein Therapeut sagte zu mir, ich solle den Brief an einem hellen Tag schreiben, wenn ich schon nicht mit euch spreche. Heute ist ein heller Tag, der hellste Tag des Jahres. Die Sonne hat viel Zeit, in alle dunklen Winkel hineinzufahren. Und was ich dort sehe, ist eine simple Tatsache. Mein Leben war gefesselt an deines.«

Ines stoppte die CD. Sie stand auf, ging ins Wohnzimmer, griff ihr Glas und die halbvolle Flasche und kehrte in die Küche zurück. Sie setzte sich, goss sich das Glas bis kurz unter den Rand voll und nahm einen großen Schluck. Erneut stand sie auf, ging hinüber zum Küchenschrank, zog ein Schubfach auf und nahm eine Packung ›Pall Mall‹ heraus. Sie setzte sich wieder an den Küchentisch, klopfte eine Zigarette aus der Schachtel und zündete sie an. Sie nahm einen kräftigen Zug, blies den Rauch in die Mitte des Raumes und beobachtete, wie die Wolke sich auflöste. Dann schaltete sie die CD wieder ein.

»Warum hast du immer das Licht angemacht? Warum hast du es angemacht, wenn du nachts betrunken ins Schlafzimmer gekommen bist, in euer Schlafzimmer, in dem ich lag? Ich weiß es jetzt. Du hast gehofft, ich würde aufwachen und dir noch etwas Gesellschaft leisten. Ich höre dein Flüstern heute noch: ›Klärchen, bist du noch wach?‹ Ich rieche deinen Atem von gegorenen Früchten und deine lallende Stimme, immer energischer: ›Klärchen! Wollen wir nicht noch ein wenig reden? Ich lese dir etwas vor, wenn du willst.‹

Ja, ich war deine Gesellschaft. Ich war da, um dich zu unterhalten, um dir zu sagen, dass ich dich liebe, um dir zuzustimmen. Ich sollte dir ein angenehmer, weicher Spiegel sein. Und das alles habe ich gemacht, das alles bin ich gewesen, so viele Jahre, denn ich habe dich geliebt. Ja, ich fühlte mich sogar wohl dabei, ich, das große Mädchen, das die Kraft hat, der Mutter beizustehen und sie zu trösten.

Ich möchte jetzt nur ein einziges Kapitel aus meinem Leben vor dir aufschlagen, ich rede von eurem Ehebett. Ich möchte nur davon sprechen, denn es ist eine der Hauptbühnen, auf denen meine Kindheit stattgefunden hat, kaum beleuchtet und voll von Illusionen. In diesem Bett spielte sich nicht nur euer Drama ab, sondern auch meines.

Die Erinnerung an meine Kindheit hält zwei dieser Betten für mich bereit, und beide scheinen nichts miteinander zu tun zu haben. Das erste ist das alte Bett, groß, breit, mit gewölbten Decken in dem schönen Zimmer mit dem Stuck aus Blumen, in das die Morgensonne scheint und in welches du mich abends mit der Aussicht gebracht hast, nicht allein schlafen zu müssen, denn du würdest sicher irgendwann nachts kommen und dich zu mir legen. Soweit ich mich erinnern kann, wollte ich, als ich noch sehr klein war, von dir geweckt werden. Ich wollte beim Zu-Bett-Gehen sicher sein, dass du wirklich kommen würdest, und deshalb vereinbarten wir, dass du mich weckst und mir einen Kuss auf die Stirn gibst, dass du dich an mich kuschelst. Das war eine Seligkeit. Lange habe ich damit die Kinder in der Schule neidisch gemacht. ›Ich darf im Bett von Mama und Papa schlafen.‹ Eines habe ich ihnen allerdings nicht erzählt: wie es war, wenn Papa an den Wochenenden da war oder überraschend eines Abends nach Hause kam. Dann wurde ich nämlich in mein Bett geschickt und musste die Qualen der Einsamkeit durchleiden in einem Bett, das mir fremd war. Und je mehr mich diese Einsamkeit erschütterte, umso größer war die Freude darüber, wieder an deiner Seite liegen zu dürfen. Dieses Glück hatte zur Voraussetzung, dass Papa nicht da war. Ja, es war lange Zeit sogar so, dass ich Vater für diese Art der Vertreibung ein wenig hasste. Aber mit den Jahren trat fast unmerklich eine Veränderung ein. Mit den Jahren wurde ich von euch beiden herzlich aufgenommen, nachts sogar in euer Bett getragen, während ich schlief. Oft wurde ich wach, die Müdigkeit war für kurze Zeit verschwunden, denn ich wollte die Momente der Nähe zu euch, die Momente der Zärtlichkeit auskosten. Ich durfte immer häufiger bei euch bleiben und zwischen euch liegen. Ich verstand diesen Sinneswandel natürlich nicht, denn ich wusste ja nichts über die andere Welt der

Betten und was die Erwachsenen darin noch so treiben. Eure Zweisamkeit war zu Ende. Also habt ihr mich in eure Mitte geholt und überschüttet mit der Liebe und Zuneigung, die ihr euch gegenseitig nicht mehr bereit wart zu geben.

Das war das eine Bett, ein Bett, in dem ich glücklich war. Auch wenn dieses Glück ein Geschenk eurer Not gewesen ist. Dann kam der Umzug und das andere, das kühle, das Riesenbett. Ein flaches Quadrat in einem Schlafzimmer, das aussah wie ein Büro.

Warum dieses Haus?

Ich weiß nicht mehr, wann es genau passiert ist und ob meine Abscheu vor dir mit einem Schlag gekommen ist oder über Monate hinweg. Ein Ereignis spielte sicher eine große Rolle. Der Abend, an dem du mir von Vaters Affäre erzählt hast, ach, was heißt hier erzählt. Soll ich es dir noch einmal in Erinnerung rufen, das schrecklichste Erlebnis meiner Kindheit und Jugend? Es bleibt mir nichts anderes übrig, denn ich möchte ja, dass du mich verstehst.

Du hast an dem Abend im Wohnzimmer am Kamin gesessen. Wieso haben wir ihn nie angemacht? Keine Asche und die immer gleichen drei Holzscheite. Du hattest schon die erste Flasche weg, als du anfingst zu erzählen. Ich weiß es noch genau, du hast dir eine Zigarette angezündet, und ich war gerade erst hereingekommen, da hast du gesagt, so als wäre es nichts Wichtiges, als hättest du beim Einkaufen etwas vergessen, da hast du zu mir gesagt: ›Dein Vater hat eine Geliebte.‹ Und ich wusste nicht, was du meinst, und ich muss dich verwirrt angesehen haben, denn du hast mich plötzlich angeschrien, und wirklich,

ich weiß noch, wie ich erschrocken zusammengefahren bin, denn du hast geschrien: ›Na Mensch, er liebt eine andere. Er wird uns verlassen, dein lieber Vater!‹ Das hast du zu mir gesagt, zu einem zwölfjährigen Kind. Ich habe augenblicklich angefangen zu weinen, ich hatte noch nie so geheult, und ich habe auch nie wieder so geheult. Ich habe dagestanden, während du mich nicht einmal in den Arm genommen hast, habe ich dagestanden, in den Kamin gestarrt und geheult. Ich weiß nicht, wie lange. Es muss sehr lange gewesen sein, denn ich sehe noch heute diese drei verschwommenen Holzscheite. Du hast mir später gesagt, dass es dir leid tut. Aber ich denke, es hat mich nicht erreicht, denn ich kann mich kaum noch daran erinnern.

Es muss kurze Zeit später gewesen sein, als Vater mich beiseite nahm und mir liebevoll seinen Stolz gestand, seinen Stolz darauf, wie gut ich mich um dich kümmere, während er weg ist. Ich war sein großes Mädchen geworden und nicht mehr deines. Ich fühlte mich von nun an in seinem Auftrag verantwortlich für dich, und dein Selbstmitleid erreichte mich nicht mehr. Weinte ich früher innerlich jede Träne mit dir, so fehlte mir nun das Verständnis für deine Lethargie, für dein endloses Klagen über Vater und deine für ihn und mich geopferte Zukunft, verpasste Chancen, verpasstes Leben.

All das hat ihn hervorgebracht, den Ekel. Ja, ich habe mich am Ende geekelt vor dir und vor deiner Hälfte des Bettes. Wie es dazu kommen konnte? Du hast mich immer gefragt, nein, das hast du nicht. Du hast nur festgestellt, dass ich früher dein Schatz gewesen wäre und dass ich mich gegen dich gewendet hätte. Ja, du hast mir auch gesagt, dass es dir sehr wehgetan hat, aber was war passiert?

Deine Welt war klein und eng, und ich musste für dich klein und in meinen Ansichten beschränkt bleiben, um nicht an ihre Grenzen zu stoßen. Vaters Welt hingegen schien unendlich und weit, und ich hatte phantastische Vorstellungen von ihr. Du warst ein klägliches, forderndes Gefängnis, er war die Freiheit, mein Columbus, geheimnisvoll und begehrenswert. Er kämpfte draußen mit unzähligen Gefahren, während du tatenlos und resigniert zu Hause hocktest. Dich kannte ich bis in die letzte Pore, bis in den letzten alkoholdurchtränkten Gedanken.

Seine Flucht war mir verständlich. Ich erkannte in ihm den von dir Vertriebenen. Und so stürzte ich mich mit meiner ganzen Liebe auf meinen Vater. Die Nächte mit dir in dem Bett nahm ich hin für die Nähe zu ihm. Mein Kopf auf seinem Kissen und dein über mich hinwegziehender, vergorener Atem. Manchmal bin ich aufgewacht, wenn Vater nachts kam, mich vorsichtig in die Mitte des Bettes geschoben und sich neben mich gelegt hat. Dann war ich ganz still, in der Angst, du könntest wach werden. Ich war still, um ihn für mich allein zu haben. Ich durfte ihn umarmen und an seiner Schulter einschlafen. Das war mein Glück. Das war das Glück meiner Kindheit in dem zweiten Bett.

Erst jetzt weiß ich, dass Vater mich im Stich gelassen hat. Er hat sich davongestohlen und mich allein gelassen. So war es, so einfach. Er hat mir wehgetan. Wenn er lange nicht bei uns war, fürchtete ich jedes Mal aufs Neue, er würde nie wieder zu uns zurückkehren. In meiner kindlichen Vorstellung musste ich ihn enttäuscht haben, aber ich wusste nicht wodurch. Das war so ein unbegreiflicher Schmerz, so ein undurchdringliches Rätsel ...«

Ines hörte, wie ihre Tochter heftig nach Luft rang, wie sie anfing zu weinen. Doch das Klagen auf der CD setzte abrupt aus, und Klaras Stimme, als wäre nichts geschehen, fuhr kühl fort.

»Ich habe einen schweren Weg hinter mir, doch den schwersten muss ich erst noch gehen. Und ich werde ihn gehen.

Ich war ungerecht, denn Hass und Liebe muss ich aufwiegen zwischen euch, zu gleichen Teilen, denn ihr beide seid es, die mich so gemacht haben wie ich bin. Die Sehnsucht nach einem, der fort ist, und der Überdruss demjenigen gegenüber, der mich belagert hat mit seinem eigenen Elend. Und so muss ich lernen, dich nicht, wie seit meinem zwölften Lebensjahr, Ines zu nennen, sondern wieder Mutter, so wie du es dir immer gewünscht und gleichzeitig verhindert hast. Und ich muss lernen, Vaters Abwesenheit als eine schreckliche Tat, als einen Verrat an einem Kind, an mir, zu begreifen. Das sind meine wichtigsten Aufgaben.

Vieles von dem, was ich gesagt habe, mag für dich kalt und rachsüchtig klingen, das verstehe ich, aber ich muss mein Herz neu ausrichten, ich will es einnorden auf die Wirklichkeit.

Ich muss lernen, dass ich wie ein Kompass bin, der sich ständig dreht um sich selbst und dessen Nadel nicht zur Ruhe kommt, von Anfang an auf der Suche nach einem starken, mich bezwingenden Pol.«

Die plötzliche Stille in der Küche verwirrte Ines. Sie hatte eine versöhnliche Verabschiedung erwartet, ja, sie erwartete sie noch, wenigstens freundliche Grüße, aber Klara schwieg. Ines fühlte sich durch diesen kalten Abschluss zurückgestoßen in ihre eigene einsame Welt, in ihr Haus, in die blankgeputzte

Küche. Sie saß vor dem spiegelglatten Frühstückstisch und betrachtete die weiße Asche, die versehentlich neben den Aschenbecher gefallen war.

Es kam ihr vor, als hätte ihre Tochter nie gelebt, als wäre sie eine Illusion gewesen und ein Leben ohne diese Illusion undenkbar. Kalte Angst stieg in Ines auf. Sie atmete schwer. Es wurde ihr bewusst, sie hatte soeben, nein, schon lange, schon sehr lange, ihre Tochter verloren.

Sie wünschte sich, Peter würde zur Tür hereinkommen, sie sehen, wissen, was passiert war und sie in den Arm nehmen, sie herausreißen aus, ja, wo heraus eigentlich, aus ihrem Dasein? ›Die Party, um Gottes Willen, die Party‹, dachte sie. Wie sollte sie nach all dem ein Gartenfest feiern, wie konnte sie nach dieser Anklage überhaupt mit jemandem sprechen? Ines war sich sicher, dass jeder ihrer Gäste wissen musste, was los war, einen kurzen überdrehten Moment lang dachte sie sogar, ihre Tochter habe jedem von ihnen eine CD geschickt. Ihr war kalt, trotz der Hitze, die sich in den vergangenen Wochen überall im Haus ausgebreitet hatte, fror sie jetzt wie im Winter. Würde es vielleicht doch ein Gewitter geben, ein nie dagewesenes Hochsommer-Unwetter, in dem sich die Hitze der letzten Tage mit einem Wolkenbruch, mit Sturm und Eishagel entlädt? Dann könnte man das Fest absagen. Dann könnte sie sich verkriechen. Keinen Menschen sehen. Mit niemandem sprechen. Ihr Mann? ›Er wird kommen‹, dachte sie. ›Muss ich mit ihm sprechen? Eine schreckliche Vorstellung.‹

Aber dann, wie sich ein Hund das Wasser aus dem Fell schüttelt, besann sie sich, wischte sich entschieden die Tränen aus dem Gesicht und ging in den Keller, um sich eine neue Flasche

Wein zu holen. Sie nahm sich vor, dass diese Flasche die letzte sein würde, die sie trinkt, aber sie müsse, dachte sie, diese eine Flasche noch öffnen und austrinken, um den Schmerz zu ertränken oder doch wenigstens auszuhalten.

4

Peter schloss die Haustür auf und trat in den Flur. Er rief nicht nach seiner Frau. Er ging in die Küche, sah den Aschenbecher, die leere Flasche Wein. Er lief durch das gesamte Haus. Zuletzt in den Keller. Fand sie, benommen, aber bei Bewusstsein auf einer Kiste neben dem Weinregal. Er nahm Ines auf seine kräftigen Arme, trug sie die Stufen hinauf ins Wohnzimmer und legte sie auf die Couch. Er holte eine Wolldecke und breitete sie vorsichtig über seiner Frau aus. Er ging in die Küche und kehrte mit einem Glas Wasser zurück. Leicht hob er ihren Kopf an und gab ihr zu trinken. Das Wasser schien zwischen ihren trockenen Lippen zu versickern.

Er setzte sich neben sie und betrachtete ihr müdes Gesicht. »So schlimm?«, sagte er.

Und Ines, die von nun an wieder Mutter genannt werden würde, und die es hasste zu schreien, befreite sich von den Bemühungen ihres Mannes, richtete sich auf und schrie: »Unverschämtheit! Was denkt sie sich denn!«

Gleich darauf sank sie weinend zurück, legte ihren Kopf vorsichtig auf seinen Schoß, in seine Arme.

Es läutete an der Tür.

»Das ist der Partyservice«, sagte Ines schwach.

»Was soll ich sagen?«, fragte Peter. »Ich schicke sie fort. Es geht dir nicht gut, und ich habe keinerlei Lust auf einen Geburtstag.«

»Nein, nein«, sagte Ines. »Es geht mir schon besser. Wir können doch nicht allen absagen. Bea kommt extra aus Hamburg. Sag ihnen, dass ich gleich bei ihnen bin. Sie sollen schon anfangen. Es geht schon. Es wird schon gehen.«

WHITE SPOT

Wir fahren hinüber in die Stadt zum Ultraschall. Meine Frau hat ihren Kopf auf meine Schulter gelegt. Ich beobachte den Busfahrer, wie er mit dem großen Lenkrad hantiert. ›Es wird ein Junge sein, sicher ist es ein Junge‹, denke ich. Meine Frau hebt plötzlich ihren Kopf und küsst mich, so, als wäre ihr eingefallen, dass ich da bin. Mir fällt dabei etwas auf, mir fällt auf, dass wir immer noch zu zweit sind.

Der Raum ist dunkel, die Jalousien zugedreht. Einige grüne und rote Lämpchen blinken uns zu. Meine Frau auf der Liege. Ich sitze neben ihr. Wir starren auf den Monitor vor uns. Ein leises Summen. Der Doktor fährt mit dem Gerät durchs Gel, quer über ihren Bauch, hinüber zur anderen Seite. Das Bild wabert, schwarz-weiß.

»Na, Kleiner, willst dich wohl verstecken. Na, wir kriegen dich schon.

Sehen Sie?

Kräftiges Ärmchen.«

Er fährt langsam nach rechts. Ich sehe Ringe. Sie schwellen an und ab, vergrößern und verkleinern sich. Wir warten. Dann sehen wir es, wie es schlägt. ›Ein kleiner Krebs, will in die Tiefe‹, denke ich. Meine Frau lacht, ein kurzes Lachen. Ich weiß, was es bedeuten soll und lache auch, wie aus einer Pflicht heraus.

»Hier hat er seine Pumpe.

Wunderbar. Na, das sieht ja wunderbar aus.

Sehen Sie, wie im Bilderbuch, ein herrlicher Vierkammerblick. Oh, wen haben wir denn da? Ein Besucher.«

Er drückt eine Taste.

»White Spot.

Na, die Woche geht ja gut los.«

Meine Frau schaut mich ängstlich an.

»Da müssen Sie sich keine Sorgen machen, der geht wieder, keine Sorge. Schauen Sie!

Linker Vorhof. Rechter Vorhof.

Linke Kammer. Rechte Kammer.

Na, das sehe ich doch am liebsten.

Scheidewand ist durchgängig.

Also hier schon mal alles gut.

Blau in beide Kammern rein und rot rechts raus, wunderbar.

Da geht alles schön getrennt.

Vom Feinsten.

Na, da haben Sie etwa siebzig oder achtzig Prozent Herzfehler weg. Das ist doch super.

Da bin ich herzmäßig erstmal zufrieden.

Bis auf den White Spot. Aber kein Grund zur Unruhe.«

Der Doktor schweigt.

Taste.

Das Bild steht.

Wie eine Wohnung, denke ich. Im rechten oberen Zimmer ein weißer Fleck. Er nennt ihn den Besucher, und die Vorstellung bedrückt mich, dass da etwas hockt im Herzen meines Kindes. Ich will schon fragen, dann er: »Nicht erschrecken!«

Er hält das Gerät unter ihren Bauchnabel. Ich höre die Tasten. Dann ein dumpfes verrauschtes Pochen, laut. Gleichmäßig und schnell pulsieren die Zimmer.

»Siebzig, fünfundsiebzig. Super.

Tolles Herz.

Alles gesund.«

Ich frage: »Was ist das? White Spot.«

Er lacht.

Taste.

Das Pochen hört auf.

Er beugt sich zurück, atmet kurz, dann sagt er: »Nichts Schlimmes, geht wieder weg, ganz normal. Ich hab' fünf die Woche. Sie sind die Ersten, na ja, ist ja auch erst Dienstag. Es ist ein Fleck, mehr nicht. Haben die Amerikaner entdeckt, na klar. Aber keine Sorge, dieser Gast ist nur von kurzer Dauer, tut nichts.«

Er lächelt und fährt mit dem Gerät weiter durchs Gel.

»Hier der Magen, ist noch voll mit dunklem Fruchtwasser.

Die Hauptschlagader. Alles da, wo es hingehört.

Er ist nicht groß, wird kein Riese. Na, schauen wir mal etwas weiter oben.

Wo ist denn das Köpfchen?

Oh, da.

Na wunderbar. Sehen Sie, hat den Mund offen, der Kleine, sagt ›Guten Tag!‹«

Ich drücke die Hand meiner Frau fester. Ich schaue zu ihr hinüber. Sie starrt auf den Monitor. Ich kenne diesen Blick,

Furcht. Ihr Schweigen kenne ich auch. Sie ist weit weg von mir, das fällt mir auf.

»So, jetzt werden wir mal sehen.

Oh, hübsches Gesicht. Er lächelt uns zu. Schauen Sie doch. Und so schöne Lippen. Na, der kann mal gut küssen.«

Meine Frau drückt mir nun auch die Hand, und ich schaue sie wieder an. Jetzt lächelt sie mir unsicher zu und deutet auf das Bild vor uns, auf diesen seltsamen Schädel, der nicht lächeln kann und dessen Augen schwarz und reglos starren. Meine Frau juchzt kurz auf.

»Na komm!

Ah, jetzt zeigt er uns die Faust.

Na komm, lass mich die Oberlippe sehen. Na, jetzt will er nicht mehr, jetzt bockt er.

Gut, da schauen wir beim nächsten Mal genauer hin.«

Die Freude, wo war die Freude? Ich hatte gedacht, es wäre schön, hineinzuschauen in den Bauch meiner Frau und zu sehen, wie es sich bewegt, wie es schon den Daumen im Mund hat oder uns zuwinkt. Eine Freundin meiner Frau hatte mir davon erzählt, wie ihr Junge seinen Arm hin- und herbewegt hatte, so, als würde er aus weiter Ferne grüßen. Aber hier, jetzt ist es ganz anders, grausig. Nichts mehr. Ich denke an ein Grab aus Urzeiten, das gehoben ist. Ausgepinselt die Gebeine des Kindes, und sie liegen da, zusammengekauert, die feinen Knöchelchen aneinandergezogen. Ein Skelett unser Kind, mit einem Totenschädel und das Herz ein Krebs. Nervös. Ängstlich flatternd. Ich habe Mitleid, das ja.

»Dann hier der angewinkelte Oberarm.

Hier der Unterarm mit der kurzen Elle.

Da ist die Hand.

Da die Finger.

Und das hier ist der wichtigste Knochen, der Oberschen-
kelknochen. Nicht allzu lang, aber in Ordnung. Na ja, das ist
ein Schätzchen.

Och herrlich, guck mal hier, 'ne traumhafte Niere.

Und da geht's in die Nierenkelche.

Und die andere Niere ist genau drunter, hier.

Oh, jetzt bewegt er sich, boxt aber schon ganz schön.

Na, nun zeig mal.

Die Nierchen, sehen Sie sie? Beide gleich groß. Wunderschö-
ne Nierchen.«

Er zieht eine Linie mit der Maus.

»Vier links.«

Er löscht. Dann wieder eine Linie.

»Fünf rechts, alles gut. Ein gutes Zeichen, also ich bin sehr
zufrieden mit dem Kind.«

Ich bin beunruhigt. Meine Frau hat sich wieder gefangen,
ich nicht. Er spricht von guten Zeichen. ›Gute Zeichen sind
für schlechte Zeiten gemacht‹, denke ich. Es beunruhigt mich,
wie er immer betont, dass alles gut ist, und ich denke, er verheimlicht uns etwas, er weiß etwas, hat es irgendwann auf der
Universität gelernt, und jetzt sagt er uns nicht, was es ist, weil
er weiß, wir können nichts machen und er auch nicht.

»Also was ist das nun, ein White Spot?«, frage ich.

Der Doktor setzt den Ultraschall kurz ab und schaut nicht
mich, sondern meine Frau an.

»Das sind alles Indikatoren. Es geht nur darum, die Trisomie auszuschließen. Ein Fingerglied zuviel, eine Hasenschar-

te, übergroße Nieren, zehn, fünfzehn Millimeter müssten das schon sein, ein White Spot. Aber da müssen Sie sich keine Gedanken machen. Die Hasenscharte schließen wir beim nächsten Mal sicher aus, alle Fingerchen in bester Ordnung. Nieren super. Eine Trisomie ist unwahrscheinlich, auch wenn der White Spot da ist.«

Wir sagen beide nichts und warten. Er sucht wieder mit dem Gerät und spricht mit uns, nebenbei, routiniert, kühl. Und ich denke, er verheimlicht uns etwas.

»Er ist nicht so bedeutend, aber er erhöht das Risiko, bei Frauen über dreißig auf das Vierfache. Aber keine Sorge, ein White Spot macht noch keinen Tschingis Khan, sage ich immer. Tschingis Khan wird er nicht werden. Kein Mongolenkind. Da bin ich so gut wie sicher.«

Ich denke wieder, es ist ein Junge, wenn er so von ihm spricht, dem Tschingis Khan. Ja, ich möchte einen Jungen haben, auch wenn ich es niemandem erzähle. Ich schaue mir schon seit langem diese Jungen auf der Straße und im Park an, und ich möchte, dass er mich so ansieht, wie sie ihre Väter ansehen. Ein Junge. Ich möchte mit ihm durch den Wald streifen. Ihn rufen, wenn er sich versteckt und mit seinem Ast auf mich zielt. Ich wünsche mir einen Jungen, ja. Ich habe es meiner Frau und auch mir selbst nicht eingestanden, aber nun ist mir klar, dass ich einen Jungen will. Er soll nicht so sein wie ich, nein, darum geht es nicht, ich möchte ihn verstehen, und er soll mich verstehen, weil ich ein Mann bin und er ein Junge ist. Ich möchte, dass er den finsteren Wald fürchtet und trotzdem hineingeht, um zu erfahren, ob die Furcht in ihm selbst ist oder in den Bäumen. Dieses Spiel will ich spielen mit ihm, und er wird es lieben und einfordern von mir. Sagen wird er dann: »Mach das Licht aus!« Flüstern wird er: »Lass mich hineingehen, ich gehe fünf Schritt hinein und erst, wenn ich rufe, sollst du es wieder anmachen. Nicht vorher und nicht nachher. Wenn ich rufe, genau dann.«

Und so werde ich es tun, erst wenn du rufst und genau dann.

Aber es ist kein Junge. Der Doktor fährt wieder über den Bauch und stoppt.

»Aha, nichts zu sehen. Da ist nichts, was aus der Kleinen einen jungen Mann macht.

Hier, die zwei Schamlippen.

Links und rechts.

Gratulation. Eine Madame.«

Meine Frau zieht an meinem Arm, lächelt mir erneut zu, drückt meine Hand. Ich brauche einen Moment. Ich spüre, wie es meine Zukunft in eine ganz andere Richtung verschlägt. Ich bin nicht enttäuscht, nun, wo es kein Junge ist, ja, einen Moment lang fühlt es sich leer an, als wäre nichts anstelle meines Jungen da, doch dann, gleich darauf ist etwas an seinen Platz getreten, sanft und mit einem einzigen kleinen Schritt. Ich sehe den gewölbten Bauch meiner Frau und denke: ›Dort ist also ein Mädchen drin, dort liegt meine Zukunft verborgen.‹ Das spüre ich jetzt, in ihrem Bauch ist ein Kind und mein neues Leben.

Mir fällt auf, wie stark der Doktor das Gerät aufsetzt, wie sehr er es in den Bauch meiner Frau drückt, und plötzlich spüre ich, dass ich ihn weghaben will. Es ist dieser Doktor, den ich weghaben will. Es ist etwas an ihm, was mich abstößt. Dieser Mann soll mein Mädchen nicht so ansehen. Schamlippen, ich kann diesen neuen Begriff ja selbst nur mit Mühe denken. Er soll nicht so grinsen oder Witze machen, und er soll keine Linien ziehen, schon gar keine Linien! Niemand soll Linien ziehen über mein Mädchen!

Der Bus fährt über die Brücke. Darunter der breite Fluss. Große Eisschollen treiben auf ihm, und wir treiben über alles hinweg. Meine Frau sagt: »Ich habe Angst.«

Ich verfolge den Strom, wie er sich im Nebel der Landschaft verliert. »Es wird ein schönes Mädchen sein«, sage ich und denke an den unheilvollen Boten in ihrem Herzen, und da spüre ich, dass wir nicht mehr zu zweit sind. Ich stelle mir vor, wie unsere Tochter im Sommer auf einer Decke in unserem Garten sitzt. Ich sehe sie, wie sie ihren Schirm auf- und zuklappt und mich entdeckt hinter der Scheibe, in meinem Arbeitszimmer, und ich sehe, wie sie mir ihr ungestümes Lächeln schenkt.

DIE FRAU DES SCHÖNEN MANNES

Vor der Sauna lagen zwei Paar Badelatschen. Ein männliches und ein weibliches. Das kleinere war dunkelblau, ausgetreten, mit überkreuzten Bändern und wohl schon über zehn Jahre alt. Eine schöne junge Frau war also nicht zu erwarten. Etwas Enttäuschung meinerseits. Das größere Paar Latschen war weiß und neu, aus hartem Gummi.

Die Frau konnte ich mir vorstellen, den Mann nicht.

Badelatschen sind die unpersönlichsten Dinge, die der Mensch haben kann, dachte ich. Sie sagen nur in den seltensten Fällen etwas über den aus, der sie trägt. Schon gar nicht, wenn sie weiß und neu sind. Ich stellte meine weißen und neuen Badelatschen neben die zwei Paar, und es entstand eine kleine Gruppe. Ich öffnete die gläserne Tür. Nackt, nur mit einem weißen Hotelhandtuch über dem Arm, trat ich ein und zog die Tür hinter mir zu. Drinnen war es dunkel, und einen Moment lang hatte ich Mühe, etwas zu sehen.

Auf den obersten beiden Bänken vor mir lag das Ehepaar. Beide auf dem Rücken. Er ganz oben. Sie eine Etage unter ihm.

Ich sah beim Eintreten, wie er vorsichtig seine Hand zwischen ihren Schenkeln hervorzog und nun ihren Bauch streichelte. Sie drehte ihren Kopf zu mir und grüßte. Ich konnte ihr Gesicht nicht genau erkennen. Ich sah nur ihre Falten unter dem Kinn. »Guten Tag«, sagte sie. Ihre Stimme war tief und angenehm. »Guten Tag«, erwiderte ich, kletterte auf die oberste linke Bank, breitete das weiße Handtuch aus und setzte mich darauf. ›Kein Schweiß aufs Holz‹, dachte ich.

Es war nicht besonders heiß, so um die neunzig Grad. Ich atmete tief ein. Der süßliche Duft erinnerte mich an etwas, aber ich wusste nicht, woran. Ich stöhnte leise und zufrieden.

Allmählich gewöhnten sich meine Augen an die Dunkelheit, und das Erste, was mir auffiel, waren seine grauen, fast weißen Haare und sein schwarzer, gut geschnittener Schnauzer. Er war der südländische, braun gebrannte Typ, am ganzen Körper behaart, mit weißem Brusthaar. ›Er sieht wirklich gut aus‹, dachte ich. Er sah aus wie ein Schauspieler, den man nur noch Gott, reiche Männer auf weißen Yachten oder erfolgreiche Schriftsteller mit wenigen fein geschliffenen Sätzen spielen lässt. Ein toller Mann, wie man sein möchte, wenn man alt wird. Ruhig und gelassen. So möchte man aussehen, wenn man alles hat und das meiste vorbei ist, wenn das Leben eben wird und geradeaus läuft, an Weinhängen vorbei und auf die Enkelkinder zu.

Die beiden schwitzten schon. Sie sprachen kein Wort. Er hatte seine Augen geschlossen und streichelte ihr zärtlich den Bauch. Sie starrte an die Holzdecke, und es schien mir, als lächelte sie. Er hatte mich noch kein einziges Mal angeschaut.

Ich fing einfach nicht an zu schwitzen. Ich drehte die Sanduhr an der Wand neben mir um.

»Ich glaub’, ich kauf’ nachher so ein Öl«, sagte er mit geschlossenen Augen. Sie drehte den Kopf zu ihm.

»Das gibt es doch auch bei uns.«

»Genau das gleiche?«

Sie lächelte. »Ja, dann heißt es halt anders.«

»Da hol' ich mal fünf Liter«, sagte er.

Sie lachte leise auf. »Was willst du denn mit fünf Litern? Warum musst du von allem immer fünf Liter kaufen?« Sie schlug ihm leicht auf den Oberschenkel.

›Ich mag sie, wie sie das so sagt und dabei lacht‹, dachte ich. Manchmal sagt jemand einen Satz, oder er lacht über einen anderen und schon mag man ihn, obwohl man ihn gerade zum ersten Mal sieht. Ich mochte sie.

»Du solltest besser nachdenken. Ich kauf' das ja nicht nur für mich«, sagte er.

»Ach so.« Sie ließ ein wohliges Stöhnen hören.

»Ja, du wirst ja dann auch massiert.«

»Oh, das klingt gut, da werd' ich massiert ...«

»Genau!«

Nun lachte sie wieder und sagte: »... mit fünf Litern.«

Jetzt öffnete er seine Augen, drehte sich seitlich zum Rand der Bank und schaute zu ihr hinunter. Er lächelte sie an, und ihre Blicke trafen sich. Er umfasste ihre Taille, und ich dachte, jetzt küsst er sie. Doch dann beugte er sich wieder zurück und schloss die Augen.

Sie verschränkte die Arme hinter dem Kopf. Dabei richteten sich ihre großen Brüste etwas auf. Sie hatte schöne Brüste, gebräunt, noch recht fest für ihr Alter, mit kleinen Brustwarzen. ›In der Sauna sehen alle irgendwie gut aus‹, dachte ich. ›Sie war bestimmt einmal eine schöne Frau gewesen, aber er, er sieht wirklich toll aus.‹

Meine Haut war trocken und brannte. Zwischen meinen Zehen entdeckte ich den ersten kleinen Tropfen Schweiß. »Macht es Ihnen etwas aus, wenn ich einen Aufguss mache?«, fragte ich in den Raum hinein.

Die Frau blickte zu mir auf, überlegte und sagte: »Nein, machen Sie nur, unser letzter ist schon eine Weile her. Alles schon verflogen.«

Ich stieg die Bänke hinunter und nahm den Holzeimer in die rechte Hand. Mit der Linken goss ich das duftende Wasser mit der Kelle über die heißen Steine. Der Dampf stieg in Wolken vor mir auf. Als ich mich wieder gesetzt hatte, atmete ich tief ein, und dann wusste ich, woran mich der Geruch erinnerte, an Weihnachten. Es roch weihnachtlich, nach Zimt, Vanille und Zitrone. Ich lachte innerlich vor Freude. Die feuchte Hitze brannte auf meiner Haut. ›Ja, das ist gut, jetzt geht es doch los.‹ Ich sah die vielen kleinen Schweißperlen, die sich wie Tau zwischen den Haaren meines Unterarms bildeten. Sie kamen wie aus dem Nichts, wurden größer, schlossen sich mit anderen zusammen und flossen wie ein kleiner Bach mein Handgelenk hinunter.

»So, ich hab' genug«, sagte die Frau des schönen Mannes, richtete sich halb auf und beugte sich über ihn. Ich hörte ihr Flüstern, aber was sie sagte, konnte ich nicht verstehen. Sie küsste ihm auf den Mund, länger, als man einen Ehemann küsst, dachte ich. Dann wollte sie aufstehen, doch er zog sie sanft zu sich, küsste sie erneut und ließ sie dann gehen. Wie schön, wie gut das ist.

Ich war überrascht, wie groß sie war, eine stattliche Frau. Sie hatte eine Figur, wie man sie in Zeitschriften für Bademoden der sechziger Jahre findet. Ich dachte: ›Es ist schade, dass der Körper einer Frau vergeht.‹ Leise zog sie die Tür hinter sich zu.

Nun war es still in der Sauna. Wir waren allein. Er hatte seine Augen geöffnet und schaute zur Decke. Ich weiß nicht mehr, wie es dazu kam, dass ich ihn ansprach. »Darf ich Sie etwas fragen?«

Er neigte seinen Kopf schräg zu mir. »Was denn?«

Es klang freundlich, dieses ›Was denn?‹, nein, es war mehr als nur freundlich, es schwang ein Flehen in den Worten mit, ein stummes Flehen. Das verunsicherte mich, aber nun musste ich fragen. »Wie lange sind Sie schon zusammen?«, fragte ich, und er nahm seinen Kopf zurück, so als hätte ich ihn enttäuscht mit einer solch vollkommen uninteressanten Frage. Er starrte wieder an die Decke. »Einunddreißig Jahre.«

Es rutschte mir ein »Wow!« heraus, und er wiederholte es und sagte es so vor sich hin, mehr zu sich als zu mir: »Wow. Ja, das trifft es.« Er sprach sehr leise, er hätte mich nicht mehr in sein Leben einbeziehen können, als mit diesem leisen ›Das trifft es.‹

Ich wusste, dieser Mann wollte reden, und ich würde ihm einen Gefallen tun, weiter zu fragen. Also fragte ich ihn, was man in der Sauna einen Fremden fragt: »Sind Sie schon lange hier? Wo kommen Sie her? Was arbeiten Sie, und wo fahren Sie hin?« Er beantwortete höflich jede meiner Fragen, eine nach der anderen, und er wartete wohl auf die richtige; und auf die letzte Frage antwortete er nichts, denn dann sagte er das, was er sagte, so direkt und überraschend, wie man auf der Straße stolpert und mit heißem, kurzem Schauer den Halt verliert:

»Am Dienstag wird sie operiert.«

Dann schwieg er. Ich auch. Ich dachte, er würde gleich weitersprechen und mir alles erzählen. Ich schwitzte, und der Schweiß lief bereits in Strömen an meiner Brust und den Bauch hinunter. Doch er sprach nicht. Ich wartete noch einen Augenblick, dann fragte ich, obwohl ich wusste, dass es sich um etwas Schlimmes handelte: »Ist es etwas Schlimmes?«

»Krebs.«

›Ja, natürlich‹, dachte ich, ›dieses Wort kommt so oft vor. Es hat eine unheimliche Kraft.‹

Er starrte zur Decke und sprach zu sich: »Sie nehmen ihr die Brust ab.« Dann schwieg er. Wir schwiegen.

Ich wischte den Schweiß von meinem Arm. Meine Schläfen pochten. »Haben Sie Angst?«

Er antwortete ohne zu zögern: »Ich habe keine Angst. Sie hat Angst. Sie will nicht, dass ich es weiß, ist wohl normal. Ich habe keine Angst, ich weiß, dass sie bei mir bleibt. Sie bleibt bei mir.«

Er tat mir leid, wie er dort lag und schwitzte, wahrscheinlich ohne es zu bemerken. »Sie sind ein guter Mann. Ich muss jetzt leider raus«, sagte ich, stand auf, nahm mein nasses Handtuch und stieg zur Tür hinunter.

»Ich bleib' noch«, sagte er und schloss seine Augen.

Nachdem ich mich kalt abgeduscht und aus dem Becken mit dem Eiswasser aufgetaucht war, trat ich, mein weißes Handtuch um die Hüfte geschlagen, hinaus auf die Dachterrasse des Hotels. Es war der erste helle und frische Herbsttag, und die Luft roch nach Laub und Pilzen. Die Frau des schönen Mannes stand an der stählernen Brüstung und hielt ihr Gesicht in die herbstliche Sonne. Ich stellte mich einige Meter neben sie und sah hinunter auf den breiten Fluss, der sich durch das Tal schlängelte. Ein Ausflugsdampfer legte unten vom Steg ab. Sein tiefer Signalton hallte von den Felsen wieder. Unter uns auf der Promenade gingen Leute spazieren, und einige winkten dem davonfahrenden Dampfer nach, der nun schräg in der Strömung trieb. Ich sah die Frau des schönen Mannes, wie sie ihm mit ruhigem Blick folgte, und ich hörte, wie sie leise sagte, wie schön das ist.

DANK AN:

André Schinkel, Xenia Fink, Nils Dreschke

BESONDEREN DANK AN:

das Land Sachsen-Anhalt,
Ralf Meyer für seine unermüdliche Kritik und Freundschaft,
Anja für ihre Liebe
und an alle, denen ich begegnen durfte und die sich
in diesem Buch wiederfinden

Mario Schneider

Die Mansfeld Trilogie

Nach zehn Jahren Dreharbeit vollendet Mario Schneider seine Mansfeld Trilogie. Der Autor und Regisseur hat ein komplexes Bild seiner Heimat gezeichnet. Entstanden sind drei beeindruckende und international gefeierte Dokumentarfilme, jetzt versammelt in einer Limited Edition Box.

MansFeld (Laufzeit: 98 Min.)
Ein Film über die Geheimnisse der Kindheit und einen uralten Brauch.
»Intime Einblicke, die Jungs verwachsen mit dem Herz der Zuschauer!« Abendzeitung München
»Ein großartiger, poetischer Film, den man einfach sehen muss!« Mitteldeutsche Zeitung
»Große Kamerakunst!« Berliner Zeitung

Heinz und Fred (Laufzeit: 81 Min.)
Heinz und Fred, Vater (69) und Sohn (25) sind unzertrennlich und bewohnen ein Reich aus Stahl und Schrott.
»Eine anrührende Geschichte von zwei Außenseitern.« Deutschlandradio

Helbra (Laufzeit: 70 Min.)
Drei Freunde, ihre Familien, ein Dorf und ein offenes Geheimnis. Ein Film über die Kraft der Freundschaft und die Zerbrechlichkeit der Familie.
»… bei aller Düsternis, eine Liebeserklärung. An den Landstrich und die Menschen, die keinen der Ihren verstoßen …« Süddeutsche Zeitung

www.42film.de

Gefördert durch das Kultusministerium des Landes Sachsen-Anhalt,
Landesverwaltungsamt Sachsen-Anhalt.

Bibliografische Information der Deutschen Nationalbibliothek
Die Deutsche Nationalbibliothek registriert diese Publikation in der
Deutschen Nationalbibliografie; detaillierte bibliografische Daten im
Internet unter http://d-nb.de.

2014
© mdv Mitteldeutscher Verlag GmbH, Halle (Saale)
www.mitteldeutscherverlag.de

Gesamtherstellung: Mitteldeutscher Verlag, Halle (Saale)
Umschlaggestaltung: Sisters of Design
Umschlagzeichnung: Xenia Fink

ISBN 978-3-95462-194-1

Printed in the EU